Michael Innes

Scheichs und Schlangen

W0288092

SERIE PIPER
Band 5513

Zu diesem Buch

Muß man wirklich gleich die Polizei hinzuziehen, wenn man auf einer Wohltätigkeitsveranstaltung nicht das Kostüm tragen darf, für das man sich entschieden hat? Sir John Appleby, pensionierter Polizeichef von London und Held zahlreicher Bücher von Michael Innes, ist jedenfalls von Cherry Chitfield zu dem gigantischen Gartenfest (mit Kostümzwang) gebeten worden, das ihr Vater »für einen guten Zweck« auf Drool Court organisiert hat. Weshalb aber darf laut Anweisung dieses sonst so toleranten Vaters der zukünftige Schwiegersohn sich nicht als Scheich verkleiden, zumal, wie Appleby bald feststellen muß, es auf diesem Fest von Scheichs nur so wimmelt? Und wieso schreitet einer dieser Scheichs so würdevoll, während alle anderen dahinschlurfen? Und was hat der tote Scheich beim Schießplatz der Bogenschützen zu bedeuten? Um weiteres Unglück zu verhindern, muß Appleby zu ungewöhnlichen Mitteln greifen...

Michael Innes (eigentlich John Innes Mackintosh Stewart), geboren 1906 in Edinburgh. Englischdozent in Leeds, Belfast, Oxford sowie an australischen und amerikanischen Universitäten.

Schrieb Romane, Kurzgeschichten, Biographien und Essays. Unter seinem Pseudonym verfaßte er Radiosendungen sowie zahlreiche Kriminalromane.

Michael Innes

Scheichs und Schlangen

Roman

Aus dem Englischen von
Edith Massmann

Piper
München Zürich

SERIE PIPER
SPANNUNG
Herausgegeben von Friedrich Kur

Von Michael Innes liegen in der
Serie Piper Spannung außerdem vor:
Appleby und Honeybath (5510)
Lord Mullions Geheimnis (5519)
Der Fall Maiglöckchen (5566)

Die Originalausgabe erschien 1982 unter dem Titel
»Sheiks and Adders«
bei Victor Gollancz Ltd., London.

ISBN 3-492-15513-8
Deutsche Erstausgabe
Juli 1988
2. Auflage 9.–12. Tausend Juli 1991
© J. I. M. Stewart 1982
Deutsche Ausgabe:
© R. Piper GmbH & Co. KG, München 1988
Umschlag: Federico Luci,
unter Verwendung einer Zeichnung von Jörg Extra
Gesamtherstellung: Clausen & Bosse, Leck
Printed in Germany

I

Sir John Appleby, obwohl durch königliches Dekret in den Ritterstand erhoben, betrachtete sich gewiß nicht als fahrenden Ritter – zumal er seit seiner Pensionierung eher zur seßhaften Lebensweise neigte. Das Thema kam eines Nachmittags bei dem Antrittsbesuch des neuen Nachbarn zur Sprache. McIlwraith war ebenfalls vor kurzem in den Ruhestand gegangen, und zwar nach einer ziemlich abwechslungsreichen akademischen Laufbahn. Als junger Mann hatte er geraume Zeit in Teheran oder sonstwo Vorlesungen in Romanistik gehalten und sich im Verlauf dieser ziemlich ausgefallenen Tätigkeit durch die Herausgabe einer Reihe von Wörterbüchern einen Ruf als etwas altmodischer polyglotter Philologe erworben; dabei war er Dr. Johnsons leuchtendem Beispiel gefolgt und hatte jedes dieser Bücher im Alleingang erstellt. Den Anschluß an die Gegenwart hatte McIlwraith erst später wieder an einer englischen Universität gefunden, wo er sich auf ein modisches Gebiet der Sprachwissenschaften verlegte. Trotzdem redete er immer noch wie ein Wörterbuch.

»Wie ich meine Zeit verbringe?« wiederholte Appleby. (Denn Professor McIlwraith bestand streng auf Beantwortung seiner Fragen.) »Nun, ich habe gelernt, Judiths Rosen zu ihrer Zufriedenheit zu schneiden –«

»Fast immer zu ihrer Zufriedenheit«, unterbrach Judith Appleby ihren Mann. »Ich gebe zu, daß ich mäklig bin. John ist wirklich sehr sorgfältig, aber er läßt sich zuviel Zeit.«

»Ich vermutete bereits, daß Sie anspruchsvoll sind, Lady Appleby«, sagte Professor McIlwraith. »Aber sind Sie auch Schottin?«

»Um Himmels willen, nein.« Judith war von dieser Vorstellung offensichtlich nicht gerade begeistert. »Wie kommen Sie auf die Idee?«

»Ihre Wortwahl erinnert mich an meine Knabenzeit in Aberdeen. Sie benutzen Wörter schottischen Ursprungs, welche die Engländer jenen schottischen Literaten zu verdanken haben, die im späten neunzehnten Jahrhundert hier unten so segensreich wirkten.«

»Höchst interessant!« meinte Judith höflich. »Doch John wollte Ihnen von seinen verschiedenen Tätigkeiten berichten.«

»Ich darf in aller Bescheidenheit für mich die grobe Arbeit in Anspruch nehmen«, sagte Appleby. »Unser guter alter Hoobin, der als Gärtner lange im Dienst der Familie meiner Frau stand, hat sich, um seinen eigenen Ausdruck zu gebrauchen, in eine Leseratte verwandelt. Seinen Studien, die buchstäblich seine ganze Arbeitszeit ausfüllen, widmet er sich im Treibhaus. Er ist von bemerkenswertem Eifer.«

»Oh, wie ergötzlich! Und auf welches Gebiet richtet sich sein Lerneifer? Im allgemeinen läßt es die Arbeiterklasse heutzutage am Willen zur Weiterbildung fehlen, finden Sie nicht auch?«

»Ja, leider. Hoobin studiert den *Daily Mirror*. Seinem Neffen Solo dagegen, den wir behalten, damit er den betagten Mann entlastet, fehlt noch jedes geistige Rüstzeug, um überhaupt etwas zu lesen. Ein glücklicher Umstand, könnte man meinen. Aber leider kommt dazu, daß er kaum je richtig wach ist. Wenn wir nicht wüßten, daß er hier aufgewachsen ist, müßten wir glauben, er stamme aus dem Schlaraffenland.«

»Ist er denn so wohlgenährt?«

»Er ist dünn wie ein Strich, obwohl Judith immer wieder Anweisung gibt, ihn zu mästen.«

»Wie unangenehm für Sie, Sir John, daß Sie sich in Ermangelung der zuverlässigen Dienste eines Onkels und seines Neffen wie ein Gärtnerbursche plagen müssen.«

»Das ist gesund«, sagte Judith.

»Eben, man muß das von dieser Seite sehen.« Appleby bedachte seinen Gast mit einem ernsten, nachgerade feierlichen Blick. »Natürlich ist Rosenschneiden eher eine dornige als eine körperlich anstrengende Angelegenheit, doch ich achte streng darauf, daß ich sie nicht im Rollstuhl erledige. Aber ich mähe auch Gras, und weil wir davon jede Menge haben, geschieht das im Sitzen auf einem Reitermäher. Ich kurve damit über den Rasen und komme mir vor wie ein Amerikaner beim Golf. Für die Botengänge, die Judith mir zuweist, nehme ich allerdings keine derartige Unterstützung in Anspruch.«

»Ah – Botengänge! Was sagt uns dieses Wort?« fragte Professor McIlwraith. (Vielleicht hatte er vorübergehend vergessen, daß er im Augenblick kein etymologisches Seminar leitete, vielleicht aber hoffte er einfach, wieder Boden unter den Füßen zu gewinnen, indem er das Gespräch auf ein Gebiet lenkte, wo man ihm nicht so leicht etwas vormachen konnte.) »Da haben wir den Boten – der, dessen Amt es ist, zu entbieten oder Gebote auszurichten – Gebote oder auch Botschaften.«

»Ich dachte eigentlich mehr ans Einkaufen«, erwiderte Appleby.

»Ah – Einkaufen! Hört, hört!« Professor McIlwraith war entzückt. »Einkaufen, kaufen. Auch ein Wort von faszinierender Bedeutungsfülle. Wortstamm im Gotischen ›kaupōn‹, das auch mit ›Handelsgeschäfte treiben‹ zu übersetzen ist und sich vermutlich vom lateinischen ›caupo‹, dem Schenkwirt, herleitet, das um Hundert nach Christus von den römischen Soldaten ins Rheinland und bis hoch hinauf an die Piktengrenze getragen wurde, sich aber seltsamerweise in den romanischen Sprachen nicht erhalten hat.«

»Ich könnte mithin sagen, daß meine Gänge darauf ausgerichtet sind, nach Judiths Geboten einzukaufen, und mich unweigerlich zum Schenkwirt führen.«

»Wie gescheit durchgespielt, Sir John. Sind diese Aspekte der Semantik nicht ausgesprochen anregend?«

»In der Tat, Professor.« Judith mußte die angemessene Zustimmung aufbringen, die ihrem Mann nicht über die Lippen kommen wollte. »Tja, die Zeiten ändern sich. Einst gab es gar keine rechten Wege, von denen die fahrenden Ritter abweichen konnten. Sie durchstreiften Wälder und Fluren und nahmen's mit allem auf, ohne viel Zeit zu verplempern.«

»Kein übles Leben«, sagte Appleby, »voll des Abenteuers und der raschen Tat.«

Judith maß ihren Mann mit einem neugierigen Blick – vielleicht ging ihr durch den Kopf, daß Rosenschneiden nur selten ein Abenteuer war und kaum rasche Tat erforderte.

Aber Professor McIlwraith meldete sich schon wieder zu Wort: »›Verplempern‹ – höchst interessant! Es kommt von ›Plempe‹, einem zu oft geschwenkten und daher schalen Getränk.«

»Und was ist mit ›plemplem‹?« fragte Appleby scheinheilig.

»Da muß ich passen. Das dürfte wohl aus lautmalerischen Gründen gebraucht werden.«

»Wie beispielsweise Pipapo?« fragte Appleby mit ernster Miene.

»Pipapo!« Der Gast der Applebys schien sehr beeindruckt zu sein. »Pi-pa-po«, wiederholte er genüßlich. »Ich neige zu der Annahme, daß ›Pipapo‹ sich jeglicher philologischen Erklärung entzieht.«

»Ich finde, es bringt so etwas wie ungeduldige Geringschätzung zum Ausdruck«, sagte Judith.

»Eine bewunderungswürdige Interpretation, Lady Appleby.« Professor McIlwraith stand auf und verwandelte sich augenblicklich in einen korrekten Gentleman, der wußte, daß die einem ersten offiziellen Besuch angemessene Zeit abgelaufen war. »Es war ein höchst vergnügliches Gespräch über gemeinsame Interessengebiete«, sagte er. »Wir sollten es von Zeit zu Zeit fortsetzen, finden Sie nicht auch?«

Sir John begleitete seinen Gast bis zur Straße und erkundigte sich zum Abschied, ob im neuen Heim des Professors alles nach Wunsch verlaufe. Als er zum Haus zurückkehrte, kam er sich ganz hohl vor; so mochte man sich fühlen, wenn man feststellen mußte, daß man seine Zeit nur mit leerem Gerede ausgefüllt hatte. Ein Umweg führte ihn zum Treibhaus, wo seine Stimmung durch den Anblick des in seine Lieblingsbeschäftigung vertieften Hoobin einen weiteren Dämpfer erhielt.

»Soll das dieser Zugereiste sein?« fragte Hoobin seinen Dienstherrn.

»In der Tat, Hoobin. Ein Professor McIlwraith. Ebenfalls ein sehr gebildeter Mann.«

»Woher nahm er sich bitte das Recht?«

»Für was?«

»Für den Besuch. Zugereiste können doch nicht einfach aus heiterem Himmel vor der Tür stehen.«

»Wir sollten nicht zu streng sein, Hoobin. In gewisser Weise trifft auch mich ein Teil der Schuld. Von Professor McIlwraith weiß man, daß er Witwer ist, und zweifellos hätte ich in der Angelegenheit den ersten Schritt machen müssen.«

»Ich finde, wir sollten erst mal eine Weile vergehen lassen, ehe wir Zugereiste zur Kenntnis nehmen.«

»Vielleicht.« Appleby fand die in der Äußerung anklingende Xenophobie deprimierend. »Wo ist Solo?« fragte er, um das Thema zu wechseln.

»Der verdammte Bengel schläft schon wieder.«

»Wieso habe ich mich je gefragt, warum unser Besitz Long Dream heißt?« sinnierte Appleby düster.

Der betagte Hoobin überhörte die Frage geflissentlich und wandte sich wieder seiner Zeitungslektüre zu; Appleby ging seiner Wege.

»Ein Gewinn für unsere Nachbarschaft, dieser gelehrte McIlwraith«, sagte er zu seiner Frau. »Ein höchst anregender Bursche. Und dermaßen gebildet, daß er der guten alten Mrs. Mince oder Admiral Havering, ja selbst den Birch-Blackies in nichts nachsteht.«

»Ich bin mir nicht sicher, ob Professor McIlwraith nicht mehr Qualitäten hat, als man ihm auf den ersten Blick ansieht. Er ist sicher kein Wundertier, aber doch ein kluger Kopf. Im übrigen, was immer er sein mag, sei du nicht so eingebildet, mein guter John.«

»Bin ich das? Tut mir leid. Treffliche Leute, sie alle. Und weißt du, sie langweilen mich überhaupt nicht – nicht ein bißchen.«

»Wie sollten sie auch? Schließlich hast du einen guten Riecher. Wobei ich hinzufügen möchte, daß meiner Meinung nach ›Riecher‹ nicht schottischen Ursprungs ist.«

»Wer mokiert sich jetzt über den Gelehrten? Und was meinst du mit ›gutem Riecher‹?«

»Den Riecher, beim Durchstreifen der Wälder und Fluren auf Abenteuer zu stoßen. Also verzage nicht.«

Nichts von diesen Worten konnte wenige Tage später in Appleby nachgeklungen haben, als er von einem Pflichtbesuch bei einer achtzigjährigen Tante in Bath nach Hause zurückfuhr. Bath, von Thomas Hardys Wessexschen Bauerntölpeln als »fernes Königreich« verehrt, lag auch von Long Dream vergleichsweise fern, was Appleby veranlaßt hatte, die Heimreise früh am Nachmittag anzutreten. Als er vertrautes Gelände erreichte und die Fluren von King's Yatter und Abbot's Yatter durchquerte, war bis zum Dinner noch reichlich Zeit. Er hätte bloß durch das Gebiet, das als Boxer's Bottom bekannt war, und bis zum Scheitel von Sleep's Hill hinauffahren müssen, um mit dem Fernglas (falls es ihn dazu gedrängt hätte) einen ausgezeichneten Blick auf das alte Steindach und die aufgereihten Ziegelschornsteine des eigenen Wohnsitzes zu haben.

Mittlerweile erstreckte sich zu seiner Linken der Forest of Drool. Strenggenommen handelte es sich dabei nicht um einen Forst, aber auf alle Fälle doch um ein bemerkenswertes Stück bewaldeter Natur. Und der Zufall hatte es gewollt, daß Appleby, der in dieser Gegend praktisch alles irgendwann einmal abgewandert hatte, niemals in dieses Waldgelände vorgedrungen war. Da lag es nun, dunkel und geheimnisvoll – wenn man gewillt war, es so zu sehen –, mit zahlreichen breiten Wegen und vereinzelten Lichtungen unter einem strahlend blauen Junihimmel. Hier und da hatte irgendeine Gemeindeverwaltung, dem Zeitgeist huldigend, etliche kleine Schilder von ausgesprochen einladendem Charakter angebracht. Auf den meisten stand »Fußweg«, auf den übrigen, wohl der Abwechslung halber, »Reitweg«. Die mit »Fußweg« beschrifteten Schilder waren zur Verdeutlichung noch mit einem Piktogramm zweier ausschreitender Männer versehen, die anderen zeigten einen Mann, der ein Pferd am Zügel führte – eine aufmerksame Amtshilfe für Spaziergänger aus den arabischen Emiraten. Oder vielleicht auch bloß eine einsichtige Maßnahme im Hinblick auf die wachsende Zahl derer auf den Inseln des Vereinigten Königreichs, die – wie Solo – nicht auf den Gedanken kamen, lesen zu lernen.

Miss Appleby aus Bath war alles andere als anregend gewesen. In dieser Hinsicht hätte man sie mit gutem Recht auf eine Stufe mit der guten alten Mrs. Mince von Long Dream stellen können. Aber wenigstens hielt Mrs. Mince sich keinen Papagei. Mit Miss Applebys Papagei hatte er anstandshalber plaudern müssen. Und da die alte Dame den Vogel für ein tropisches Geschöpf hielt, das zur Erhaltung seiner Gesundheit tropischer Temperaturen bedurfte, war der Besuch bei ihr eine entschieden schwüle Unternehmung gewesen. Appleby fand, er brauche frische Luft – und zwar mehr, als durchs offene Fenster seines Rovers hereinwehte. Und er verspürte Lust, sich die Füße zu vertreten. So ergab es sich, daß er kurz darauf den Wagen auf einem Parkplatz abstellte und ausstieg.

»Betritt den Zauberwald, du, der du es wagst...« Es gab keinen Grund anzunehmen, daß der hochtrabend als Forest of Drool bezeichnete Wald viel an Zauber zu bieten hatte, und Appleby hatte nicht das Gefühl, sich auf ein Wagnis einzulassen, als er einen Zauntritt überwand und in das Dunkel eintauchte. Er riskierte nicht einmal, sich einer Gesetzesübertretung schuldig zu machen – ein Vergehen, das besonders von pensionierten Polizisten tunlichst zu meiden war. Vor ihm lag ein – einwandfrei als solcher erkennbarer – Fußweg, den als Fußweg zu benützen dem Spaziergänger durch eines der kleinen Schilder nahegelegt wurde – so wie etwa auf einer Badematte »Badematte« steht, um jede Verwechslung mit der Orientbrücke im Wohnzimmer auszuschließen. Trotzdem kam sich Appleby insgeheim ein bißchen verwegen vor, und die Absurdität dieser Empfindung beschäftigte sein Gehirn auf den ersten hundert Metern des Wegs. Er mutmaßte, daß ihm als kleinem Jungen in einem Wald irgendwann einmal etwas Beängstigendes widerfahren war. Er mochte auf ein Tier gestoßen sein, das qualvoll in einer Falle verendete. Ein Fuchs hatte ihn vielleicht erschreckt. Ein böser Alter hatte ihm Fratzen geschnitten. Eine genauso böse Alte hatte den kleinen Gentleman um eine Münze angebettelt, gleichzeitig aber verraten, daß sie in Wahrheit eine Hexe sei. Vielleicht hatte er auch nur spannende Robin-Hood-Spiele mit älteren Kindern gespielt und sich dabei vor dem Sheriff von Nottingham und dessen Mannen mehr gefürchtet, als er zuzugeben gewagt hätte. Sehr wahrscheinlich hatte er sich einreden lassen, daß er, gefangengenommen, aufgehängt werden würde.

Das alles waren Hirngespinste. Trotzdem stimmt es, sagte sich Appleby, daß ein Mensch ganz plötzlich, für den Bruchteil einer Sekunde höchstens, mit aller Deutlichkeit ein Gefühl verspüren kann, das in Zusammenhang mit einer Jahre zurückliegenden Begebenheit steht. Aber wenn er versucht, die Begebenheit ins Licht der Erinnerung zu ziehen, hat sie sich längst verflüchtigt und eine ärgerliche Leere hinterlassen. Applebys Interesse an diesem Phänomen war möglicherweise dadurch bedingt, daß auch die Praxis kriminologischer Ermittlungen von Zeit zu Zeit ähnliches zutage fördert. Das Unterbewußtsein schickt ein winziges Signal aus – fange es auf und halte es fest, und du hast des Rätsels Lösung in der Hand. Doch nur zu oft versinkt es genau in dem Augenblick wieder, in dem du die Hand ausstreckst. Eine inzwischen müßige Beobachtung, fand Appleby, die der Vergangenheit angehörte. Scotland Yard war, was die praktische Anwendung betraf, so weit in die Ferne gerückt wie etwa der Tadsch Mahal. Er war ein rüstiger Pensionär, der an einem strahlenden Juninachmittag eine kleine Wanderung durch eine hainartige Waldlandschaft unternahm, in der nichts und niemand es darauf anlegte, ihn zu foppen oder zu täuschen. Gewiß durchstreifte er im Augenblick die Wälder und Fluren, wie Judith es im Gespräch mit dem pedantischen alten Professor ausgedrückt hatte, aber Judiths Behauptung, er hätte einen Riecher dafür, auf Abenteuer zu stoßen, war einfach albern. Er hatte nichts anderes im Sinn, als die vielfältigen Erscheinungsformen der Natur in vollen Zügen zu genießen.

Was dann seine Aufmerksamkeit erregte, war jedoch Menschenwerk: An einen Baum genagelt, hing eine quadratische Tafel, die mit entschieden kühneren Buchstaben als die anderen Hinweisschilder beschriftet war. Und während letztere zu unbeschwerter Wanderschaft im Forest of Drool aufgefordert hatten, war die Botschaft diesmal eindeutig abschrekkend. Es hieß einfach:

NATTERN
HALT!

Appleby nahm das Verbot mißvergnügt zur Kenntnis. Zunächst einmal kränkte ihn die Vernunftwidrigkeit, die ihm abverlangte, ein Gelände zu meiden, das er bereits etwa zur Hälfte erwandert haben mußte. Andererseits war natürlich vorstellbar, daß die gegenwärtige Position der Tafel das Ergebnis des gleichen jugendlichen Übermuts war wie das Verdrehen von Wegweisern. Vorstellbar war auch, daß Appleby eine Grenzlinie erreicht hatte, an der, wiewohl nicht eigens markiert, die Ländereien eines Grundbesitzers in die eines anderen, nervöser disponierten, übergingen. Womöglich war das Verbot gar nicht ernst gemeint, wie etwa die altbekannte Behauptung »Übertretungen werden strafrechtlich verfolgt«, wenngleich es natürlich wirkungsvoller war. Eine sprunghafte Vermehrung von Nattern schien an diesem Ort höchst unwahrscheinlich. Aber um was immer es sich handeln mochte, der Befehlston war unangenehm. Appleby hatte sich vor kurzem bei dem Besuch eines Colleges in Cambridge an einem Anschlag geweidet: »Im Namen des Masters und der Fellows bitten wir die Passanten, den Rasen nicht mit dem Kinderwagen zu überqueren.« Warum sollte er sich jetzt davon abhalten lassen, den Forest of Drool zu begehen?

Mit wiedergewonnenem Gleichmut setzte er seinen Weg fort. Es gab vielerlei zu betrachten. Die Birken waren, wie man das manchmal beobachten kann, viel zu dicht nebeneinander aus dem Boden geschossen und strebten wie gebündelte Bleistifte oder wie zum Gebet aneinandergelegte Finger himmelwärts. Die Primeln waren schon den Glockenblumen gewichen, und nun, kurz vor der Sommersonnenwende, machten die Glockenblumen Platz für Feuernelken und Wildrosen. Ein leises Summen in der Luft kündete vom lebhaften, wenn auch unsichtbaren Hin und Her der winzigen Insekten, und die gefiederten Sänger im Hain ließen ihre Melodien vernehmen. Die Drossel sang ihr Lied vorsichtshalber zweimal, und der Hänfling, auch kein schlechter Prediger, trug seine Lebensweisheiten im Flug vor. Appleby ließ sich auf einem Baumstumpf nieder und freute sich an den vielen verschiedenen Vögeln und den vertrauten poetischen Assoziationen, die sie hervorriefen. Schließlich sah er auf seine Uhr und fand, es sei Zeit, zum Wagen zurückzukehren. Doch gleich vor ihm machte der Weg eine Biegung nach links und verschwand hinter einem Haselstrauchdickicht. Was mochte hinter dem Gehölz sein? Die Antwort lautete mit großer Sicherheit: nichts. Trotzdem lockte ihn die Ungewißheit. Vielleicht bot sich ihm ein hübscher Ausblick auf eine der langgezogenen Schneisen. Vielleicht traf er sogar auf einen Dachs, der seine Schnauze mißtrauisch in die Sonne hielt. Alles sprach dafür, die nächsten hundert Meter, oder wie viele es sein mochten, weiterzugehen.

Also schritt Appleby munter aus. Er stieß sehr bald auf etwas Ernüchterndes: auf einen Range Rover, abgestellt in einer breiten Schneise, die seinen Weg kreuzte. Neben dem Fahrzeug verweilte ein hagerer Mann, der sich offensichtlich gerade von getaner Arbeit erholte – dennoch kein Arbeiter im landläufigen Sinn, sondern eher ein Akademiker, wie er im Buche steht. Er hätte sich gut mit Professor McIlwraith, Applebys neuem Nachbarn, unterhalten können. Appleby erlaubte sich, in eigener Person ein Gespräch mit ihm anzuknüpfen.

»Guten Tag«, sagte er und bemerkte gleichzeitig, daß der Besitzer des Range Rover ein Gerät in der Hand hielt, dessen Funktion für ihn nicht sofort erkennbar war. Es handelte sich um eine lange dünne Stange mit einer Vorrichtung am oberen Ende, die dem Abzug einer Faustwaffe ähnelte und einen feinen Metallstab betätigte. Am unteren Ende baumelte etwas, was wie eine Drahtschlinge oder Öse aussah. Es war keine Angel, es war auch kein Schmetterlingsnetz, aber es gehörte eindeutig zu dieser Art von Gegenständen. Für den Augenblick zufrieden mit seinen Folgerungen, blickte Appleby zum Fahrzeug hinüber und entdeckte auf ihm eine akkurat gemalte Aufschrift. Sie lautete:

OXFORD UNIVERSITY –
INSTITUT FÜR HERPETOLOGIE

»Lieber Himmel!« sagte er. »Darf ich fragen, Sir, ob Sie beauftragt sind, die Nattern auszurotten?«

»Ach, die Nattern! Zweifellos haben Sie die idiotische Warnung gelesen. Nicht, daß es hier keine Nattern gäbe. Tatsächlich habe ich heute schon einige gesehen, und ich habe vor, ein paar davon zu fangen. Das heißt aber nicht, daß ich sozusagen auf Schlangenjagd gehe, Sir. Ich sammele schlicht *Ringel*nattern. Und wenn ich morgen meinen Beutezug beendet habe, werde ich schätzungsweise um die hundert eingefangen haben.«

»Aber Ringelnattern sind doch, soweit ich weiß, harmlos.«

»Absolut richtig, Sir, obwohl die wenigsten dieser Tatsache Glauben schenken. Ich arbeite hier nicht im Dienste der Öffentlichkeit, ich sammele ganz einfach Material für einen bestimmten großangelegten Versuch an unserem Institut. Wir arbeiten auf einem vergleichsweise neuen Gebiet.«

»Wie interessant«, sagte Appleby höflich. »Die offenbar erst kürzlich erfolgte Institutsgründung erklärt hinreichend, warum ich als alter Oxfordianer davon nichts gehört habe.«

»Wir müssen uns die Sporen erst verdienen, Sir. Und viele Leute waren gegen die Einrichtung des Lehrstuhls, weil sie meinten, daß in Oxford schon genug Schlangen im Grase lauerten.«

Appleby reagierte auf diesen etwas steifen Scherz mit gebotener Zurückhaltung, blieb aber noch ein paar Minuten stehen, um zu plaudern. Er hoffte insgeheim, diesem emsigen Wissenschaftler ein bißchen bei der Arbeit zusehen zu können. Aber daraus wurde nichts. Vielleicht spürte der Bursche, daß er sich, obwohl der ernsthaften Aufgabe verpflichtet, die Horizonte menschlichen Wissens zu erweitern, eher komisch ausnahm bei seinem Versuch, auf dem Trockenen nach unfaßbaren Kreaturen wie Schlangen zu angeln. Appleby verabschiedete sich also mit »Weidmannsheil« und setzte seinen Spaziergang fort.

Es fand sich wundersamerweise eine weitere einladende Wegbiegung und ein weiteres Haselstrauchdickicht. Jetzt bewegte er sich fast lautlos vorwärts, denn seine Füße traten auf einen Teppich besten Mastfutters, das in einer ordentlich geführten Schweinezucht ein Festmahl für eine stattliche Herde abgegeben hätte. Die Bäume, von denen die verschmähten Leckerbissen zu Boden fielen, hatte der Zufall geschaffen. Birken, Eichen und Kastanien standen dicht gedrängt und rempelten und stupsten einander im rauhen Lebenskampf. Daraus ließ sich nur folgern, daß man dem Forest of Drool auch in früheren Zeiten keine forstwirtschaftliche Sorgfalt hatte angedeihen lassen. Irgendwie glaubte man zu spüren, daß sich hier ein Stückchen England erhalten hatte, das trotz horizonterweiternder herpetologischer Forschungen immer noch auf mehr oder weniger urzeitliche Weise von der Natur bewirtschaftet wurde.

Hinter dem Haselstrauchdickicht bot sich eine ganz andere Landschaft dar. Er blickte in eine tiefe, weitausladende Senke, ein natürliches Amphitheater, das vor undenklichen Zeiten durch den Aufprall irgendeines verglühenden Himmelskörpers gebildet worden war. Seltsamerweise sah es hier auch jetzt noch verheerend aus. Das lag wohl daran, daß man um die Lichtung herum Ulmen angepflanzt hatte – Bäume, die eigentlich eher an Alleen anzutreffen sind – und daß die armen Gewächse allesamt abgestorben waren. Aus einigen Stämmen sprossen zwar schon wieder winzige Triebe, so daß die Natur am Ende vielleicht nicht völlig besiegt dastehen würde. Aber gegenwärtig fühlte man sich an einen Waldbrand erinnert – oder treffender vielleicht, an eine nukleare Panne in der Geschichte der Menschheit.

Die Trostlosigkeit der Szene wurde durch etwas gemildert, was auf den ersten Blick ein kleiner, im Sonnenschein glitzernder Teich zu sein schien. Aber der Teich war zu blau, um echt zu sein, und gab sich bei genauerem Hinsehen als ein Meer von Glockenblumen zu erkennen. Und dann bemerkte Appleby, daß dieses Tableau seine Aufmerksamkeit von etwas anderem abgelenkt hatte. Es gab tatsächlich einen Teich, nur war sein Wasser trübe, und am Ufer saß ein bildschönes Mädchen, das sich nicht rührte, aber dafür um so heftiger vor sich hin weinte. Die Tränen rollten wahrhaftig so schnell, daß man hätte glauben können, das Mädchen sei eine Brunnenfigur, die in die Landschaft gesetzt worden war, um den Teich sanft wieder aufzufüllen.

II

Sein erster Gedanke war, sich so leise, wie er gekommen war, wieder davonzuschleichen. Das trauernde Mädchen hatte ihn noch nicht bemerkt, und er stand so, daß er rasch wieder aus ihrem Blickfeld verschwinden konnte. Hätte es sich um ein weinendes Kind gehandelt, wäre er vielleicht zu ihm gegangen, um es zu trösten. Aber das hier war fast eine Erwachsene, auf jeden Fall kein Kind mehr, und es wäre mit Sicherheit zudringlich gewesen, vor sie hinzutreten und ihr Trost zuzusprechen. Sie hatte sich dieses einsame Fleckchen ausgesucht, um sich auszuweinen, und hatte Anspruch darauf, ungestört zu bleiben.

Dennoch rührte sich Appleby nicht vom Fleck. Er zögerte, weil ihn an diesem Schauspiel etwas fesselte, was einer Erklärung bedurfte. Der Vorgang wirkte zwar nicht gerade inszeniert, aber er ließ den Betrachter an irgendeine künstlerische Ausdrucksform denken. Ob es dabei um Poesie, Malerei oder gar Musik ging, vermochte Appleby nicht zu sagen. Der Ring aus toten Bäumen, der dieses entrückte Bild einrahmte, steigerte zudem die Wirkung. Die Kleidung des Mädchens tat das Ihre. Fehlt nur noch ein Felsen, kam es ihm in den Sinn, ein bizarr geformter, unwirklicher Felsen; das junge Geschöpf im mittelalterlichen Gewand müßte an ihn geschmiedet sein und ein Drachen – vorzugsweise ein komischer Drachen – im Hintergrund Feuer speien. Und er selbst, ein heiliger Georg eher denn ein Sir John, würde herbeistürmen, um rettend einzugreifen – auf dem Rücken eines Rappen, mit dem Schwert in der Hand.

Diese Gedanken fanden ein jähes Ende, als sich das Mädchen mit graziösem Schwung erhob. Es war hochgewachsen und schlank; ihr knöchellanges grünes Gewand wurde durch eine scheinbar nachlässig um die Hüften geschlungene Schärpe gerafft, deren bestickte Enden ihr bis zu den Knien reichten. Ihre Erscheinung wirkte sehr mittelalterlich, wenn auch präraffaelitisch stilisiert. Jetzt endlich wußte Appleby die Szene einzuordnen, in die er gestolpert war: ein lebendes Bild nach Gemälden von Millais oder Hunt, das »Der gebrochene Schwur« oder »Letzter Abschied« hätte heißen können. Von den üblichen Details fehlten nur ein paar eher unbedeutende – eine verwelkte Blüte etwa, ein Liebesbrief oder vielleicht sogar ein blutbefleckter Dolch, der am Teichrand liegengelassen worden war.

Hätte Sir John Appleby nicht diesem Trugbild nachgehangen, hätte er vermutlich schneller begriffen, warum das junge Mädchen aufgesprungen war. Sie hatte ihn bemerkt und war offenbar geneigt, ihn zur Kenntnis zu nehmen. Das war in der

Tat so augenfällig, daß er unmöglich einfach kehrtmachen konnte. Die Verbindung des jungen Mädchens mit der höfischen Gesellschaft beschränkte sich zweifellos auf das grüne Gewand. Man konnte von ihr nicht behaupten, sie führe sich wie eine Prinzessin auf. Ihr verschwollenes Gesicht zeugte eher von kindlicher Unbefangenheit, und jetzt sah sie eindeutig schlecht gelaunt aus. Trotzdem hatte Appleby das Gefühl, daß von ihm ein Zeichen von Ritterlichkeit erwartet wurde. Kein Drachen machte Anstalten, sich zu erheben, nicht einmal ein Wüstling oder eine als Nonne verkleidete Hexe waren in Sicht, und es senkten sich auch keine Schatten der Dämmerung unheilkündend nieder. Trotz allem schien es irgendwie nicht angebracht, einfach höflich »Guten Tag« zu murmeln und weiterzugehen. Als er jedoch ansetzte, ein paar passende Worte zu äußern, kam die junge Dame ihm zuvor.

»Verschwinden Sie, widerlicher Kerl!« sagte sie laut und deutlich. »Mit Ihnen will ich nichts zu tun haben. Mein Vater muß den Verstand verloren haben, daß er das ganze Zeug ranschaffen ließ – und dazu Leute wie Sie. Also, worauf warten Sie noch?«

»Ich bitte um Verzeihung – und selbstverständlich gehe ich sofort. Aber ich glaube, mein Fräulein, Sie befinden sich in einem Irrtum. Ich bin nicht von Ihrem Vater rangeschafft worden, wie Sie es ausdrückten, und überdies halte ich es für höchst unwahrscheinlich, daß er und ich je voneinander gehört haben.«

»Sind Sie denn nicht einer von denen mit der Garderobe?«

»Meine liebe junge Dame, es müßte für Sie offensichtlich sein, daß mein Alter eine Tätigkeit als Möbelpacker ausschließt.« Appleby hatte beschlossen zu bleiben – die Begegnung hatte sich zu einem Frage- und Antwortspiel entwickelt, das ihm Spaß machte. »Hier unterliegen Sie einem weiteren Irrtum, scheint mir.«

»Mann, sind Sie schwer von Begriff – ich meine doch keinen Schrank!« Die junge Dame stampfte zur Bekräftigung dieser rüden Zurechtweisung mit der Sandale im Gras auf. »Und wieso sind Sie überhaupt wie ein Gentleman angezogen? Das ist ja geradezu lächerlich.«

»Warum spreche ich wohl wie einer? Sagen wir, es handelt

sich um ein Täuschungsmanöver von mir, das ich mehr oder weniger erfolgreich viele Jahre lang durchgeführt habe. Und jetzt hören Sie mir zu. Schlagen Sie sich aus dem Kopf, daß ich irgendein Mensch mit einem Möbellager in London sei. Ich habe meinen Wagen am Waldrand abgestellt, weil ich hier einen Spaziergang machen wollte. Mitten im Wald nun finde ich Sie, ganz aufgelöst, und das tut mir leid.«

»Hier ist nicht mitten im Wald. Hier ist das andere Ende vom Wald, Sie Blödmann.« Das trauernde Mädchen schien eine ausgeprägte Vorliebe für drastische Wendungen zu haben. »Hinter den toten Bäumen da liegt der Park. Und hinter dem Park liegt unser Haus, Drool Court. Ich bin Cherry Chitfield.« Sie machte eine Pause. »Mein Pech«, fügte sie düster hinzu.

»Ich bin Sir John Appleby und bewohne Long Dream Manor, das keine hundert Meilen von hier liegt.« Appleby überlegte – der Name Drool Court kam ihm irgendwie bekannt vor. Die Chitfields gehörten wahrscheinlich zu den unzähligen Leuten von lokaler Bedeutung, die Judith von früher Kindheit an vertraut waren, die er jedoch nie in seinem Gedächtnis einzuordnen vermochte. »Wenn Ihr Kleid aus der eben erwähnten Garderobe stammt«, fuhr er fort, »sollten Sie Ihrem Vater keine Vorwürfe machen. Es muß sich um ausgesuchte Stücke handeln. Das Gewand ist äußerst kleidsam.«

»Deshalb habe ich mich ja auch bereit erklärt, es schnell anzuprobieren.« Miss Chitfield war durch diesen überraschenden Themawechsel sichtlich besänftigt. »Aber dann hätte ich vor Wut platzen können. Ich will nun mal keine Prinzessin sein, die vor einem Zauberer gerettet wird. Und Tibby auch nicht.«

»Ist Tibby Ihr Bruder?« fragte Appleby in aller Unschuld.

»Nein.« Miss Chitfield stampfte wieder mit dem Fuß auf. »Mein Bruder heißt Mark und ist zum Davonlaufen. Tibby ist mein Freund, und er ist für meine Rettung zuständig. Aber wir finden das beide albern. Oder ich finde das jedenfalls, und Tibby ist meiner Meinung.« Cherry machte eine Pause, vielleicht um damit dieser wesentlichen Unterscheidung Nachdruck zu verleihen. »Ich möchte einfach so sein, wie ich bin – oder fast, wie ich bin –, und von einem Scheich entführt werden.«

»Mit Tibby als Scheich?«

»Ja, natürlich. Nur erlaubt mein Vater das nicht. Er besteht auf diesem Prinzessinnen-Schwachsinn – mit mir in dem Kleid hier und Tibby ganz in Blech, als wäre er eine Sardine. Warum darf ich nicht machen, was ich will?«

»Eine berechtigte Frage, die wir alle uns dann und wann stellen, Miss Chitfield. Aber wie die Antwort in diesem speziellen Fall heißt, weiß ich auch nicht. Vielleicht geziemt es sich eher für eine junge Dame, von einem Ritter aus den Fängen eines Zauberers gerettet zu werden, als zur Beute eines leidenschaftlichen Beduinen zu gehören. Könnte das der Fall sein?«

»Schon möglich. Aber irgendwie paßt so ein Argument nicht zu meinem Vater.«

»Dann muß eine andere Erklärung gefunden werden.« Appleby, der auf die geringsten Unklarheiten empfindlich zu reagieren pflegte, äußerte das mit einer Überzeugungskraft, an die er noch denken sollte.

»Ich weiß natürlich, daß es etwas überholt ist, sich von einem arabischen Krieger rauben zu lassen«, sagte Miss Chitfield. »So was kommt in viktorianischen Romanen vor, bei Trollope und Jane Austen. Und die liest heute doch kein Mensch mehr.«

»Wenigstens einige Leute tun das nachweislich nicht. Wie dem auch sei, ich finde auch, daß das Thema vom liebenden Wüstensohn passé ist. Aber worüber reden wir überhaupt? Geht es um eine Art Scharade oder um eine Laienspielgruppe?«

»Um ein Fest, würde ich sagen.« Cherry, die jetzt zum Reden aufgelegt war, hatte sich wieder ins Gras gesetzt. »Sagen Sie, Sie haben nicht zufällig Schokolade dabei? Ich habe keinen Tee getrunken und bekomme so langsam Hunger.«

»Bedaure, nein. Ich habe zwar, glaube ich, ein paar Kekse im Wagen, aber wir müßten ein ganzes Stück laufen.«

»Schon gut. Geben Sie mir eine Zigarette.«

»Tut mir leid, ich habe auch keine Zigaretten bei mir.«

»Macht nichts.« Cherry hatte Appleby einen etwas argwöhnischen Blick zugeworfen. »Ehrlich gesagt habe ich auch Durst. Aber der Teich sieht wenig verlockend aus.«

»Das kann man wohl sagen. Übrigens muß man mit einer gewissen Austrocknung rechnen, wenn man so viele Tränen vergossen hat.«

»Sie sind wohl nie um eine schlaue Antwort verlegen, was?« Danke für die Blumen. »Aber es geht tatsächlich um ein Fest. Mit einer Einlage. Oder vielmehr mit ein paar Mini-Einlagen.«

»Und die Szene mit dem Scheich sollte eine davon sein?«

»Ja – und jetzt ist es diese schwachsinnige Ritter-und-Prinzessin-Geschichte. Aber unabhängig davon handelt es sich um ein Garten- und Kostümfest. Dafür hat mein Vater das ganze Zeug kommen lassen. Wer keine Lust hat, sich schon zu Hause zu verkleiden, kann für fünf Pfund ein Kostüm ausleihen.«

»Du liebe Zeit! Sie müssen sich in wohlhabenden Kreisen bewegen, Miss Chitfield.«

»So ist es.«

»Tibby auch?«

»Nein, der nicht. Deswegen wohl auch der Ärger.«

»Man vertraut ihm als Ritter, aber nicht als Scheich?«

»Sieht so aus. Auch wenn es unlogisch ist.«

»Das ist es in der Tat. Wann soll denn das Fest stattfinden?«

»Morgen nachmittag.«

»Ist es eine private Veranstaltung?«

»Natürlich nicht!« Miss Chitfield war erstaunt. »Sie können zum Beispiel bei Odger's in Linger eine Eintrittskarte kaufen. Das Ganze dient einem wohltätigen Zweck: Es geht um gefallene Mädchen oder pensionierte Gouvernanten oder um Spenden für die Konservative Partei – ich habe vergessen, worum. Wir machen so was jedes Jahr. Nur diesmal wird es noch größer als sonst aufgezogen. Mark – mein Bruder, von dem ich Ihnen schon erzählt habe – sagt, es würde ultraordinär werden.«

»Ich sehe nicht, warum das der Fall sein sollte. Aber vielleicht übertreibt er ein wenig.«

»Mein Vater muß übertreiben, sonst verlieren die Leute

ihr Vertrauen in ihn, und wir landen alle im Kittchen. So was Ähnliches behauptet jedenfalls Mark.«

»Gütiger Himmel! Welchen Geschäften geht Ihr Vater denn nach?«

»Er ist Großunternehmer, wenn Sie das meinen. Mark sagt, der Begriff ›Unternehmer‹ würde noch einmal ein Schimpfwort werden.«

»Ihr Bruder scheint ein strenger Moralist zu sein.« Appleby, der sich neben Miss Chitfield ins Gras gesetzt hatte, erhob sich. »Ich muß mich auf den Weg machen«, sagte er. »Ich wünsche Ihnen alles Gute für das Fest. Ich hoffe, Sie werden doch noch Spaß daran finden – auch als mittelalterliche Prinzessin.«

»Nur über meine Leiche!« Miss Chitfield verkündete diesen melodramatischen Entschluß mit großer Leidenschaft.

»Mein liebes Kind.« Appleby war wirklich neugierig geworden. »Haben Sie wegen dieses Unsinns einen richtigen Familienkrach angezettelt?«

»Ja.«

»Aber Ihr Vater bleibt eisern?«

»Ja.« Cherry Chitfield stand ebenfalls auf. »Sie kommen auch, ja?« fragte sie.

»Mit einer Eintrittskarte von Odger's?« Die plötzliche Bitte des jungen Mädchens hatte Appleby verblüfft. »Es tut mir wirklich leid, aber –«

»Oh, ich schmuggele Sie herein. Obwohl Sie mir nicht aussehen, als wären fünf Pfund zuviel für Sie.«

»Nein, sicher nicht... wenn es um eine gute Sache geht.« Ihre Beharrlichkeit machte ihn verlegen. »Aber zufälligerweise muß ich morgen –«

»Ich weiß, wer Sie sind.«

»Wie bitte?«

»Als Sie Long Dream erwähnten, fiel mir ein, was Mark mir über die Applebys erzählt hat. Sie sind ein berühmter Polizist.«

»Gewiß war ich früher Polizist. Soll ich etwa kommen, weil ich –«

»Bitte, kommen Sie«, sagte Cherry Chitfield.

Appleby war schließlich doch ein bißchen zu spät zum Dinner gekommen und fühlte sich verpflichtet, zu erzählen, was er gemacht hatte.

»Und du sagst, das Mädchen ist fast erwachsen?«

»In einer Weise, ja. Sie ist vielleicht achtzehn oder neunzehn. Aber wohl kaum das, was man eine reife Persönlichkeit nennt.«

»Augenscheinlich nicht. Ein junges Mädchen, das derartig unglücklich ist, bloß weil es die eine Rolle gegen eine andere ähnliche tauschen soll, ist schon ein bißchen überspannt. Mir scheint, du bist da einer ungewöhnlich törichten jungen Person begegnet, John.«

»Möglich. Aber ich bin nicht ganz überzeugt. Jedenfalls war es ein junges Mädchen, das nicht vorzugeben versuchte, aus einem tadellosen Elternhaus zu kommen. Ich hatte schon gehofft, du wüßtest irgendwas über die Chitfields auf Drool Court.«

»Natürlich sind sie mir ein Begriff, aber ich kenne sie ebensowenig wie du.«

»Sie wohnen nicht viel weiter weg als manche unserer Bekannten. Wer könnte gesellschaftlichen Kontakt mit ihnen haben?«

»Die Birch-Blackies zum Beispiel.« Judith schien sich über die Fragen ihres Mannes zu wundern. »Ambrose muß jeden kennen, weil es sein Wahlbezirk ist. Und Jane entgeht selten etwas.«

»Das stimmt. Die Chitfields sind also nicht seit undenklichen Zeiten eine Zierde der Grafschaft?«

»Ich habe keine Ahnung. Sie lebten garantiert nicht auf Drool Court, als ich ein junges Mädchen war. Ich schätze, es wird sich herausstellen, daß sie erst unlängst zugezogen sind. Dieser Zirkus scheint vor allem aus gesellschaftlichen Gründen veranstaltet zu werden. Man macht sich mit viel Lärm zum Wohltäter für diese oder jene gute Sache, und schon meinen die Leute, sie müßten ihre Spende selbst vorbeibringen und damit den Wohltäter gesellschaftlich anerkennen. Hätte dieser Mister Chitfield einfach einen Scheck über die Summe ausgestellt, die er in seine Show investiert, wäre er wahrscheinlich –«

»Ja, natürlich. Mark Chitfield – der Bruder, den die Kleine erwähnte – scheint seinem Vater so ziemlich das gleiche zu sagen. Offensichtlich hat auch er ein kritisches Bewußtsein.«

»Ich bin nicht kritisch, John. Ich erwähne nur einige belanglose, aber unabweisbare Tatsachen des englischen Gesellschaftslebens. Aber ich kann mich natürlich irren, was diese Chitfields angeht.«

»Das glaube ich kaum. Aber wenn, lasse ich es dich wissen.«

»Du läßt es mich wissen?« Lady Appleby starrte ihren Mann an. »Heißt das, du beabsichtigst, morgen dorthin zu gehen?«

»Doch, ja – ich habe es vor.«

»Dann nimmst du dir besser Jane Birch-Blackie mit.«

»Mitnichten. Meine Rolle ist die des einsamen Jägers.«

»In passender Kostümierung?«

»Dafür ist die Zeit zu knapp. Vielleicht gehe ich als Polizeichef von London. Die entsprechende Ausrüstung muß ja noch irgendwo herumliegen.«

»Aber das wäre kein Kostüm, denn soweit ich weiß, bist du berechtigt, die Uniform anzulegen, wann immer du Lust dazu hast.« Judith sagte das mit aller Gelassenheit, weil sie wußte, daß dieser Kostümvorschlag nie und nimmer zum Tragen kommen würde. »Nicht, daß es kein Riesenspaß wäre«, fügte sie hinzu. »Du würdest allen einen Mordsschrecken einjagen.«

»An so was denke ich nicht im entferntesten.«

»John, gibt es für dich einen ernsthaften Grund, dich mit der Sache zu beschäftigen?«

»Ich glaube, ja.« Appleby zögerte. »Die Aufregung dieses Mädchens war irgendwie seltsam. Man könnte sagen, ich will es noch unter die Lupe nehmen.«

»Na schön.« Lady Appleby schien sich taktvoll in jeden Vorschlag zu schicken, der von einem zu beschaulichem Dasein Verdammten wie ihrem Pensionär vorgebracht wurde. »Ich muß morgen in Linger einkaufen. Ich besorge dir eine Eintrittskarte bei Odger's.«

»Du willst sie bezahlen?«

»Selbstverständlich.« Judith erhob sich vom Eßtisch.

»Und ich verlange nicht mal mein Geld zurück«, fügte sie großzügig hinzu, »wenn der ganze Zauber sich als Schwindel erweist.«

Später am Abend las Appleby in einem Nachschlagewerk, was dort über Richard Chitfield auf Drool Court stand. In der Eintragung wurde der Geschäftsmann herausgekehrt – eine eher farblose Lektüre für einen Leser, der keinen Sinn für die Romanze zwischen Kommerz und Industrie hat. Mr. Chitfield war Vorstandsvorsitzender einer Firmengruppe, deren Geschäftsbereiche nicht einzeln ausgewiesen waren, darüber hinaus Direktor von einem Dutzend anderer Unternehmen. Hinzu kamen Aufsichtsratsposten in verschiedenen Genossenschaften, und es hieß von ihm, er kontrolliere umfangreiche Interessen in der Karibik und im Nahen Osten. Er war, mit anderen Worten, ein einflußreicher Mann, wahrscheinlich untadelig und langweilig. Über Herkunft und Erziehung wurde nichts gesagt, außer daß er als junger Mann die Tochter des Councillors Parker-Perkins zur Frau genommen und offenbar bis heute behalten hatte. Sie hatten einen Sohn und zwei Töchter. Als Chitfields Hobbys verdienten Angeln und Laienspiel Erwähnung. Dieser letzte, ziemlich altmodisch formulierte Satz enthielt die einzige Information, die von den üblichen Auskünften etwas abwich. Sie paßte zweifellos zu dem, was am kommenden Tag auf Drool Court stattfinden sollte. Alles in allem hatte Appleby nicht den mindesten Grund, anzunehmen, daß ihn der Vater von Cherry und Mark Chitfield sonderlich würde interessieren können.

III

Weil wir zum Beispiel vom Court of St. James reden, neigen wir dazu, anzunehmen, daß ein Court etwas Grandioses sein muß. Aber jahrhundertelang hat man das Wort Court an den Besitzernamen eines oft genug bescheidenen ländlichen Herrschaftssitzes oder Herrenhauses angehängt. Und selbstverständlich steht es jedem frei, ein paar Felder zusammenzukaufen, irgendeine bewohnbare Behausung in die Mitte zu setzen und das Ergebnis »Windsor Court« oder sogar »Plantagenet Court« zu nennen.

Kunsthistorisch betrachtet war Drool Court in seinem gegenwärtigen Zustand belanglos, obwohl seit der Zeit Elisabeths I. ein Besitz selben Namens an selber Stelle gestanden hatte. Das neue Drool Court war das Werk von Sir Guy Dawber (einem Architekten unseres Jahrhunderts, von dem angenommen werden darf, daß er aus augenfälligen Gründen die verschwisterte Kunst der Malerei gemieden hat), als welches es sich dem strengen Stil der modernen Herrenhäuser in Gloucestershire fügte. Es gab eine ganze Menge von solchen Häusern: Die Empfangsräume im Erdgeschoß erwiesen sich als eindrucksvoll und großzügig; doch von außen wirkten die Häuser, als hätten sie an den überhängenden Dächern schwer zu tragen. Alles war natürlich sehr gediegen und englisch. Hätte man anläßlich einer Landpartie Drool Court zufällig entdeckt und sich die Mühe gemacht, den Besitzer zu ermitteln, hätte man nicht den geringsten Anlaß gesehen, seinen Börsenmakler zu bitten, so schnell wie möglich sämtliche Aktien bei den von Chitfield geführten Unternehmen abzustoßen. Auf der anderen Seite gab es nichts, was das Auge bezaubert oder die Phantasie beflügelt hätte. Wäre der Anlaß eines Besuchs gar gesellschaftlicher Art gewesen, zum Beispiel eine Einladung zu einem Gartenfest im Stile Watteaus mit heiteren Lustbarkeiten, wären die Kulissen der Stimmung nicht gerade förderlich gewesen.

Es gab jedoch weitläufige Rasenflächen und Anlagen, darunter einen kleinen Park, angrenzend an jenes Waldgebiet, in dem Appleby zum erstenmal mit den Geschicken der Chitfields konfrontiert worden war. Wäre Richard Chitfield einer der Ersten im Lande gewesen und hätte großzügig kundgetan, daß jeder, der sich einbilde, irgendwann einmal im weitesten Sinne des Wortes seine Bekanntschaft gemacht zu haben, sein Gast sei, hätte dieser Lustgarten leicht genügend Platz für die Besucher geboten. Als Appleby pünktlich eintraf, konnte von Gedränge jedenfalls keine Rede sein, doch Lustbarkeiten fanden offenbar auch noch nicht statt.

Appleby präsentierte sich als Robin Hood an den schmiedeeisernen Toren von Drool Court und reichte seine Eintrittskarte einem jungen Mädchen, das er für die ältere der beiden Chitfield-Töchter hielt. Sein Kostüm hatte übrigens nichts mit seinen Betrachtungen vom Tag zuvor zu tun, dann und wann als Kind Robin Hood gespielt zu haben. Vielmehr war es die erste brauchbare Ausstattung, die ihm beim Stöbern im Kostümschrank auf Long Dream in die Hände geraten war. Die Kinder der Applebys hatten schon vor langer Zeit derlei Vergnügungen aufgegeben, und allem haftete deshalb ein milder Duft von Mottenkugeln an, den Appleby nun auch, wie er sich sehr wohl bewußt war, verströmte. Wenigstens war er leidlich ausstaffiert. Er hatte sogar einen Langbogen dabei, der allerdings seine Sehne eingebüßt hatte, weshalb er ihn nicht in der vorgeschriebenen Form über die Schulter hängen konnte, sondern wie einen Spazierstock in der Hand halten mußte. Ihn überkam das vage Gefühl, sich lächerlich zu machen – ein ihm fremdes Gefühl, und er ärgerte sich ein wenig darüber. Er begann, das Unternehmen mit wachsenden Zweifeln zu betrachten.

Die junge Frau, die seine Eintrittskarte entgegengenommen hatte, überreichte ihm ein Programmheft, wobei sie ihn abschätzend musterte. »Später wird eine Bar aufgemacht«, sagte sie.

»Ach ja?« Verständlicherweise war Appleby alles andere als erfreut darüber, daß ihrem ersten Eindruck nach sein vorherrschendes Interesse alkoholischen Getränken galt. »Ich schätze, die Vogelfreien lassen die Gläser klingen, wann immer die Gelegenheit sich bietet. Wäre ich als Ritter gekommen, sähe die Sache anders aus. Ein echter Ritter ist Abstinenzler, wie Chaucer zu berichten weiß. ›Des Bornes Wasser dort im Tal trank er, wie Ritter Parzival.‹«

»Die Welt ist vollkommen überall, wo der Mensch nicht hinkommt mit seiner Qual.« Das junge Mädchen (das damit nur seine akademische Bildung bekundet hatte) war in Eile. »Sie müssen der Mann sein, dem meine Schwester im Wald begegnet ist.«

»Ja, Miss Chitfield, der bin ich. Ich bin John Appleby.«

»Mir ist rätselhaft, warum Sie sich an solch einem Schwachsinn beteiligen wollen. Hat Cherry wieder eine Szene hingelegt?«

»So würde ich das auf keinen Fall nennen. Sie war allerdings etwas durcheinander. Und das bringt mich zurück zum Thema Ritter. Ist der junge Herr namens Tibby immer noch dazu verdonnert, sich als Ritter zu verkleiden?«

»Ja, ich glaube schon. Er und Cherry hatten sich irgendein idiotisches Liebesdrama ausgedacht, das seinen Zweck völlig erfüllt hätte: ein paar Lacher und lauer Applaus. Aber mein Vater war strikt dagegen. Warum, weiß ich nicht.«

»Cherry auch nicht.« Appleby ließ seinen Blick über die Gartenanlagen wandern und schickte sich an, weiterzugehen, da sich hinter ihm einige Leute dem Tor näherten. »Ach, übrigens, wann beginnen die Vorführungen?«

»Sehen Sie im Programm nach. Es wird Ihnen zwar nicht wesentlich weiterhelfen, dazu herrscht insgesamt zuviel Durcheinander. Die Leute sollen umherschlendern wie auf einem Gartenfest. Aber sie sollen auch so eine Art Freilichttheater ansehen, für das alles hinter den Tennisplätzen vorbereitet ist. Dann gibt es noch eine Tombola, ein Mann bricht in einem Heißluftballon nach China oder so ähnlich auf, eine Versteigerung von besserem Kitsch findet statt, und zu allem spielt eine Militärkapelle von irgendeinem Regiment auf – weiß der Himmel, was sonst noch vorgesehen ist. Mein Vater hat zu einer gewissen Reizüberflutung ausgeholt. Sie haben die Wahl, Sir John. Oder sollte ich sagen, My Lord of Lancaster?«

»Das ist, so scheint mir, eine sehr negative Einschätzung von Robin Hoods wahrem Rang.«

»Engländer lieben Lords – also muß ihr größter Bandit auch einer sein. Manche vermuten sogar, daß eine ganze Versammlung von Lords unter dem Namen von Shakespeare geschrieben habe. Aber nun gehen Sie bitte weiter, Sir John, damit ich mich um die anderen Langeweiler kümmern kann. Herrje, wenn dieser Zinnober doch schon vorbei und ich im Bett wäre!«

So entlassen (und dabei milde erinnert an den nicht ganz beherrschten Umgangston der jüngeren Miss Chitfield), machte Appleby sich auf den Weg, wurde aber noch einmal kurz von Miss Chitfield aufgehalten, die hinter ihm herrief: »Oh, Sir John, ich vergaß, Ihnen zu sagen, daß auf der Wiese im Park Bogenschießen vorgesehen ist. Das ist doch was für Sie, oder?«

Appleby hob zum Dank für diesen Scherz nur grüßend seinen Langbogen und stellte dabei fest, daß er das unhandliche Ding bereits wie einen Bergstock handhabte. Und in ebendiesem Augenblick entdeckte er auch in einiger Entfernung Mrs. Birch-Blackie und den Colonel. Er hätte sich denken können, daß sie anwesend sein würden. In seinem absurden Aufzug verspürte er wenig Lust, ihnen zu begegnen. Er beschloß, der Gefahr aus dem Weg zu gehen, indem er sich von der Bar fernhielt.

Was man hinter den Tennisplätzen errichtet hatte, war natürlich kein Theater im üblichen Sinn, aber entschieden mehr als bloß eine Bühne oder Spielfläche. Die Aufbauten waren einfach, ja fast provisorisch, so als seien sie auf Veranlassung nachsichtiger Eltern zusammengezimmert worden, die damit eine vorübergehende Leidenschaft ihrer Kinder für das Theaterspielen befriedigen wollten. Aber der erste Eindruck täuschte. Das Ganze war auf unauffällige Weise elegant und schien auf ebenso unauffällige Weise mit mehr bühnentechnischen Mitteln ausgestattet zu sein, als für gelegentlich veranstaltete Laienspiele notwendig gewesen wäre. Richard Chitfield, schloß Appleby daraus, gehörte offenbar zu den Leuten, für die die Werbung gedacht war, die lauthals verkündete, sie richte sich nur an Personen, für die das Beste vom Besten gerade gut genug war. Etwas in dieser Art hatte er schon aus den Gesprächen mit den beiden Töchtern herausgehört.

Inzwischen hatte sich der Garten bevölkert, und die große Pferdekoppel, die als Parkplatz benutzt wurde, füllte sich schnell. Die meisten Fahrzeuge waren ein gut Teil imposanter als Judiths kleiner Fiat, den sich ihr Mann für den Nachmittag ausgeborgt hatte. Der Ansturm widerlegte im übrigen Applebys Vermutung; um eine Voraussage gebeten, hätte er gesagt, daß diese ausgefallene Manifestation Chitfieldschen sozialen Engagements zum Flop verurteilt wäre. Kostümbälle waren eine Sache, an die sich das englische Gemüt über Generationen hinweg gewöhnt hatte. Maskenspielähnliche Veranstaltungen, ob drinnen oder draußen, bei denen die Gäste nur eine Art von Pausenfüllern im Ablauf irgendwelcher Handlungen spielten, waren zwar schon lange aus der Mode gekommen, konnten aber zweifellos zur Freude von Nostalgikern wiederbelebt und erfolgreich durchgeführt werden. Doch das einigermaßen unübersichtliche Vergnügungsprogramm hier war sicher etwas, was viele Leute abschreckte – zumal ein so großer Teil davon am hellichten Tag stattfand.

Es hatte allerdings ganz den Anschein, als stehe Appleby mit diesen Überlegungen völlig allein. Die Teilnehmer oder Förderer oder wie immer man sie nennen mochte, bildeten inzwischen eine stattliche Gesellschaft, die sich gut zu unterhalten schien. Viele kannten einander – und auch Appleby sah immer wieder vertraute Gesichter. Es war natürlich ein großer Spaß, wenn einer den anderen scheinbar oder auch tatsächlich nicht erkannte. Offenbar waren nur wenige Gäste allein gekommen, was Appleby ein leichtes Unbehagen bereitete. Spitzfindige Beobachter mochten einander darauf aufmerksam machen, daß er als Detektiv engagiert worden sei, um sich unter die Gäste zu mischen und dafür zu sorgen, daß die Chitfieldschen Löffel und Gabeln nicht in irgendwelchen Taschen verschwanden. Und was war er denn anderes als ein Detektiv – wenn auch einer von der selbsternannten Sorte? Mindestens konnte man sagen, er sei aus purer Neugierde gekommen, denn ehrlicherweise mußte er zugeben, daß sich seine Vorfreude auf die mannigfaltigen Zerstreuungen in Grenzen hielt. Als er in solche Gedanken versunken eine Ecke des Theaters erreichte, stand er plötzlich einem anderen Robin Hood gegenüber.

Na und? Warum nicht zwei Robin Hoods – oder auch ein halbes Dutzend? Aber dieser zweite Robin Hood schien von dem Doppelgänger-Effekt so beeindruckt zu sein, daß er stehenblieb und in schallendes Gelächter ausbrach. Wenn man mit dem Auto auf dem Kontinent unterwegs ist, begegnet man immer wieder Engländern, die in aufdringlicher Weise beim Überholen winken und hupen, bloß weil sie einen Wagen gleichen Fabrikats fahren. Vermutlich handelte es sich hier um eine ähnliche Mentalität. Aber im nächsten Moment erkannte er, daß die Person, zu deren Zwilling er plötzlich geworden war, allen Grund zum Lachen hatte. Denn es war

Tommy Pride, ein guter Freund der Familie. Er war außerdem Chief Constable der Grafschaft – oder was immer man als Grafschaft in einem England bezeichnete, das man erst kürzlich rücksichtslos in neumodische Regionen zerstückelt hatte, in der törichten Annahme, damit zur Vereinfachung der Verwaltungsarbeit beizutragen.

»Du lieber Gott!« rief Colonel Pride aus, als er sein Lachen bezähmt hatte. »Dr. Livingstone, schätze ich.«

Appleby hatte nichts dagegen, als gefeierter Forscher begrüßt zu werden; er fand, daß Prides witzige Bemerkung, obwohl nicht umwerfend originell, auf liebenswürdige Art zu dem schlichten Gemüt des Chief Constable paßte. Oder vielmehr zu dem scheinbar schlichten Gemüt, denn in Wirklichkeit verfügte Pride über den Scharfsinn, den eine Persönlichkeit seines Ranges für die vielfältigen Aufgaben, die sein Amt mit sich brachte, brauchte.

»Hast du dir heute freigenommen, Tommy?« fragte Appleby.

»Hast du dir heute freigenommen, John? Oder haben sie dich als Schnüffler engagiert?« fragte Pride zurück.

»Ich weiß es nicht genau. Mit Sicherheit bin ich eingeladen worden, um mich umzusehen.«

»Von Chitfield selbst?« In Prides Stimme schwang hörbar Neugierde mit.

»Ich bin Chitfield noch nie begegnet. Es war seine jüngere Tochter, um ehrlich zu sein, die ich gestern rein zufällig kennengelernt habe.«

»Nein, so was!« Der Chief Constable blickte rasch um sich, als wollte er sich versichern, daß niemand das Gespräch mit anhörte. »Bist du mit deiner Familie hier?«

»Nein. Ich hatte es Judith vorgeschlagen. Sie hatte keine Lust.«

»Mary auch nicht. Ich wollte sie so gerne als Meißner Schäferin oder so was kostümiert sehen, aber sie war nicht bereit dazu.«

»Frauen wissen's eben doch immer besser.«

»Wem sagst du das. Gefühl ist alles... Die Erfahrung gibt ihnen leider recht. Trotzdem fiele ich zusammen mit Mary viel weniger auf als so allein.«

»Soll das vielleicht heißen, daß du hier in deiner Eigenschaft als Gesetzeshüter anwesend bist?«

»Nicht ganz – obwohl ich auch zwei meiner Männer mitnehmen mußte. Weiß der Himmel, warum.«

»Auch beide als Robin Hood unterwegs?«

»Keine Sorge, nein. Rangunterschiede müssen gewahrt bleiben, selbst im Kostüm – findest du nicht, John? Sie sind in Zivil hier – und kommen vermutlich wie ehrenwerte Kaufleute daher.« Colonel Pride schien alles andere als glücklich über die letzte Äußerung zu sein. »Sehen wir uns ein bißchen um, John«, sagte er abrupt. »Da haben wir Gelegenheit zum Reden.«

IV

Sie sahen sich überall um, aber zunächst schwieg Colonel Pride beharrlich. Wahrscheinlich wußte er nicht so recht, ob er sich einem John Appleby anvertrauen durfte, den ihm der Zufall über den Weg geschickt hatte. Pride, ursprünglich ein Freund von Judiths Familie, war auch Applebys Freund geworden; privat war er dem pensionierten Polizeichef durchaus gewogen, aber er neigte dazu, dienstlich in ihm den ausgefuchsten Londoner zu sehen, der reichlich viel Umgang mit diesen langweiligen hohen Beamten im Innenministerium und in Whitehall pflegte. Der Chief Constable vertrat den Standpunkt, daß er für die öffentliche Ordnung in einem ansehnlichen Teil des ländlichen England um so erfolgreicher sorgen könne, je weniger er von Leuten dieser Sorte behelligt wurde und je mehr Zeit ihm für Gemeinderäte und Richter, Leute seines Schlags, blieb. Deshalb war er dazu übergegangen, Appleby einfach als Mitbeobachter der zumindest farbenprächtigen Szene zu betrachten.

Wenn ein paar hundert Leute sich auf einer Art Gartenfest zusammengefunden haben, die meisten von ihnen kostümiert, verändert ihr Verhalten sich auf so krasse Weise, daß es das Interesse eines Psychologen verdient. Sie legen beispielsweise einen seltsamen Bewegungsdrang an den Tag. Sie befinden sich (wissenschaftlich ausgedrückt) im Zustand der

Hyperkinese. Vielleicht resultiert das bloß aus dem Wunsch, sich soviel Leuten wie möglich zu zeigen. Vorstellbar ist auch, daß der Vorgang des Verkleidens die unterdrückte Regung versinnbildlicht, sich selbst zu entkommen, und dann irren die Leute umher, getrieben von dem dunklen Drang, den Prozeß der Befreiung fortzusetzen. Für den Betrachter ergibt sich durch die Kostüme ein sehr reizvoller kaleidoskopartiger Effekt. Bei der Veranstaltung hier konnte man davon ausgehen, daß in ein paar Minuten ein beträchtlicher Teil der Gesellschaft als Publikum für irgendeine sogenannte dramatische Darbietung im Freilichttheater herhalten mußte. Ein Dutzend Stuhlreihen stand schon bereit. Dann würde der kaleidoskopartige Effekt sich verflüchtigen und die Gesellschaft das Aussehen eines riesigen Blumenbeets annehmen. Ob das von Vorteil sein würde, bezweifelte Appleby allerdings ernstlich. Überdies würde sich eine ganze Reihe dieser Kostüme als recht unbequem erweisen, wenn man längere Zeit in ihnen saß.

Colonel Prides Gedanken schienen sich in ähnlichen Bahnen bewegt zu haben, denn als er schließlich redete, griff er diesen mehr oder weniger nebensächlichen Aspekt der Veranstaltung auf.

»Diese ganze Kostümierung ist wirklich Theater, findest du nicht, John? So was gehört auf die Bühne, meine ich, und sollte aus der Entfernung und bei künstlicher Beleuchtung betrachtet werden.«

»Nicht unbedingt. Manche Frauen hier tragen die Reitkleidung ihrer Großmütter und die Männer die großväterlichen Uniformen.«

»Richtig, und sie zeigen damit, daß sie zu der feinen Gesellschaft gehören. Sagt viel aus, wie jemand sich maskiert. Siehst du den Piraten da hinten? Schüchterner kleiner Bursche, schätze ich, immer in Angst, übers Ohr gehauen zu werden. Er wäre als Straßenräuber gekommen, wenn er ein Pferd reiten könnte, wetten?«

»Vermutlich. Ich überlege gerade, ob zum Kostüm gehörige Reittiere mitkommen dürfen. Ich wäre mit Vergnügen als Radscha auf einem Elefanten gekommen. Oder als Scheich auf einem Kamel.« Appleby warf Pride einen Blick zu. »Übrigens, es gibt hier einen jungen Mann, einen Freund der Chitfields, der als Scheich gehen will, aber nicht darf.«

»Hört sich ziemlich despotisch an, oder? Ich kann darin nichts Anstößiges sehen. Wenn dieser Kerl sich als Jesus verkleidet hätte, gerüstet mit einer Geißel, um die Geldwechsler aus dem Tempel zu vertreiben, hätte ich Chitfields Unmut verstanden.« Pride amüsierte sich köstlich über diesen eher profanen Witz. »Für einen Spitzen-Geldwechsler auf seine Art halte ich nämlich auch unseren werten Richard Chitfield.«

»Ein Wucherer, meinst du?«

»Nein, nein – bloß der ganz gewöhnliche Geschäftemacher. Absolut gesetzestreu, bis uns jemand zwingt, bei ihm mit einem Haftbefehl aufzutauchen.«

»Ich verstehe.« Appleby war sich gar nicht sicher, daß er alles verstand – jedenfalls nicht im Sinn dieser boshaften Unterstellung. Aber er hatte den Eindruck gewonnen, daß seine versteckte Anspielung auf die von Cherry Chitfield und dem Tibby genannten jungen Mann geplante Einlage bei Pride keinerlei Interesse hervorrief. Das kleine Geheimnis, das diesem Verbot anhaftete (und das schließlich, wie Appleby sich peinlicherweise eingestehen mußte, der einzige Grund für seine Anwesenheit auf Drool Court war), dieses Geheimnis hatte jedenfalls nichts mit Prides Auftrag zu tun. Es wurde deshalb höchste Zeit herauszufinden, was Pride und seine Leute anvisierten. Falls Tommy Pride bereit war, mit offenem Visier zu kämpfen.

»Tommy«, sagte er entschlossen, »was soll dieser Unsinn, daß du zwei Männer in Zivil hier im Einsatz hast, die in der Menge untergehen? Ich kann verstehen, daß die Chitfields auf Sicherheit bedacht sind, so wie die Zeiten nun mal sind. Aber ich hätte erwartet, daß sie jemanden von einer Privatfirma mieten.«

»Du hättest recht, wenn sie lediglich Diebstahl oder ähnliche Kavaliersdelikte befürchteten. Polizisten sind heutzutage zu rar, um für so was abgestellt zu werden, selbst bei Barzahlung. Wenn für die öffentliche Ordnung Gefahr besteht, ist das allerdings was anderes. Wir müssen zur Stelle sein, auch wenn wir später dem Risikoträger eine Rechnung schicken. Aber das trifft hier alles nicht zu. Meine Männer sind ganz einfach auf Anweisung von meinem Boß in London hier.«

»Komm, komm, Tommy. Du hast gar keinen Boß in London.«

»Stimmt, jedenfalls in der Regel. Aber es gibt, wie du sehr wohl weißt, die berühmten Ausnahmen. Zum Beispiel bin ich in bestimmten Situationen nur zu handeln befugt, wenn ich den Innenminister bitte, mich damit zu beauftragen. Aber häufiger natürlich wird einem zu verstehen gegeben, daß diese oder jene Form von Kooperation eine große Hilfe wäre. Auch meine Männer sollen uns hier noch eine große Hilfe sein. Weiß der Himmel, warum. Aber das sagte ich bereits.«

»Ja, das sagtest du bereits.« Jetzt blickte Appleby sich vorsichtig um und stellte fest, daß er und der Chief Constable sich gerade in völliger Abgeschiedenheit befanden. »Deine Männer sind gar nicht auf Chitfields Veranlassung hier?«

»Soweit ich weiß, nein. Aber ich weiß kaum etwas. Das ist ja mein Problem.«

»Offenbar. Was sollen deine Männer denn genau tun?«

»Die Augen offenhalten.« Colonel Pride holte tief Luft. »Glaube mir, John, so hieß es wörtlich.«

»Verstehe.« Diesmal verstand Appleby wirklich. »Deine Männer sind hier – aufgrund eines dir vorenthaltenen Vorfalls –, damit bei Bedarf irgendein lumpiger Minister darauf hinweisen kann, daß alle erforderlichen Vorkehrungen getroffen worden waren?«

»Durchaus möglich, daß das der Grund für den Einsatz ist. So nennt man das jedenfalls – dabei habe ich keinen blassen Schimmer, wie man sich hier wirkungsvoll einsetzen könnte. Ich kann mir sehr gut vorstellen, wie einer von diesen Schreibtischtätern in Whitehall sich das ausgedacht hat.«

»Fragt sich nur, warum.«

»Eben. Um das herauszufinden, bin ich selbst hergekommen, John. Das mag nicht gerade eine glänzende Idee sein, aber was Besseres ist mir nicht eingefallen.«

»Ist dir schon mal der Gedanke gekommen, daß dieses ganze Fest sozusagen als Tarnkappe für etwas ganz anderes dienen könnte?«

»Und ob. Aber ich glaube nicht so recht daran. Ich habe den Verdacht, daß zunächst alles von diesen verdammten Chitfields als eines der üblichen Wohltätigkeitsveranstaltungen geplant war und daß dann irgend jemand die Chance gesehen hat, den Rahmen für seine Zwecke zu nutzen. Und mich winkt man für den Fall herbei, daß was schiefläuft. ›Wir haben den guten alten Pride alarmiert‹, werden sie sagen, ›und er hat sein Bestes getan.‹«

»Mit anderen Worten: Du dienst als Prügelknabe.«

»Nun ja, der Gerechtigkeit halber muß man sagen, diese Scheuklappen-Bürohengste sehen das nicht ganz so. Alles in allem hat das Unternehmen nur einen Sinn, wenn man es als Scheingefecht betrachtet. Du weißt, wovon ich rede. Man läßt etwas geschehen, weil man keinen überzeugenden Grund sieht, es nicht geschehen zu lassen. Man muß aber so tun, als ob man dagegen einschreiten würde. Nicht öffentlich, natürlich. Nein, nur als vertrauliche Antwort auf ein ungehaltenes Aide-mémoire oder wie die so was nennen.«

»Heikle Sache, Tommy. Könnte hier nicht eine Art Geheimkonferenz stattfinden, von der andere interessierte Parteien Wind bekommen haben, woraufhin möglicherweise mit Unannehmlichkeiten gerechnet werden muß?«

»Nichts wäre abwegiger als das – und deshalb nichts wahrscheinlicher. Im Krieg habe ich als junger Kerl bei der militärischen Abwehr oft genug mitbekommen, wie von irgendwelchen komischen Käuzen, die eigens für diesen Zweck eingezogen worden waren, solche Treffen veranstaltet wurden – in Häusern, die Drool Court nicht unähnlich waren.«

»Und manchmal mit viel Erfolg.«

»Natürlich.« Pride, ein Mensch mit Gerechtigkeitssinn, nickte düster. »Ich gebe ja zu, daß ich das alles hier vielleicht zu schwarz sehe. Aber es besteht Anlaß zu der Vermutung, daß ein echter Einsatz erforderlich werden könnte. Drüben auf dem Parkplatz habe ich einen meiner Leute in Uniform, der auf mögliche weitere Anweisungen über Funk wartet. Sie sprechen allerdings nicht von Anweisungen, sondern von Informationen, weil das höflicher klingt.«

»Notstandsplanung«, sagte Appleby. »Das ist die reinste Sucht geworden.«

»Eben. Wenn man uns vorher sagte, was passieren könnte, wäre es ja möglich, daß wir uns darüber ausließen, wenn es nicht passiert ist – und irgend jemand in irgendeiner Botschaft wäre beleidigt. Also hält man die verdammte Notstandsplanung bis zum letzten Moment wie eine Katze im Sack. Und jetzt, mein Lieber, mischen wir uns wieder unters Volk und haben auf alles ein Auge.«

Bald darauf trennten sich Appleby und Pride. Zwei Robin Hoods, die Schulter an Schulter umhergingen, vermittelten möglicherweise bei den Gästen den unbehaglichen Eindruck von zwei Polizisten, die in einem üblen Viertel vorsichtshalber paarweise auf Streife gingen. Nicht, daß Appleby – vielleicht im Gegensatz zu seinem Gefährten – den Wunsch hegte, seine wahre Identität zu verschleiern. Seine Verkleidung war ein Zugeständnis an die Veranstaltung, keine Tarnung. Er war zu dem Fest erschienen, weil er ein kleines Geheimnis gewittert hatte. Jetzt schien es wahrscheinlich, wenn Pride recht hatte, daß noch ein größeres damit verbunden war. Aber selbst in einem solchen Fall wäre kein pensionierter Spitzenbeamter der Polizei auch nur im Traum darauf gekommen, ein falsches Spiel zu treiben. Appleby hatte sich der älteren Miss Chitfield erklärt, und jetzt hielt er Ausschau nach deren jüngeren Schwester – die, wie er hoffte, in Begleitung ihres Freundes auftauchen würde. Tibby, ging es ihm durch den Kopf, war eigentlich ein Mädchenname: eine Verkleinerungsform von Isabel, von der Professor McIlwraith bestimmt behauptet hätte, daß sie aus Schottland importiert worden sei. Vielleicht war es in diesem speziellen Fall eine Abkürzung für Theobald. Wie auch immer – ein vielversprechender Name für einen Scheich war es nicht.

Was für ein Zufall, daß ihm als nächster Bekannter ausgerechnet Professor McIlwraith in den Weg lief! Seine Anwesenheit schien insofern überraschend, als im allgemeinen niemand damit rechnet, Stubengelehrte wie ihn bei einer solchen Veranstaltung anzutreffen. Andererseits kannte Appleby den Professor nur flüchtig, und es war durchaus denkbar, daß er einen guten Teil seiner Zeit darauf verwendete, sich in der Umgebung nach derartigen Zerstreuungen umzutun. Er war nicht kostümiert und zählte somit zu der kleinen Minderheit, die man als vernünftig gekleidet hätte bezeichnen können; vielleicht war er ja als wandelndes Lexikon gekommen (wie beispielsweise Appleby als Polizeichef hätte kommen können). Man konnte schon von seinem Gesicht ablesen, daß er wirklich eins war. Wie jener Mensch in Yeats' Gedicht, sinnierte Appleby, der Tinte hustet.

»Guten Tag, Sir John«, sagte McIlwraith leutselig. »Verderben, gehe deinen Gang. Wären Sie geneigt, zuzustimmen?«

»Wie bitte?«

»So könnte man vielleicht sagen, wenn man eine Fete durchfechten muß.«

»Oh, ich verstehe.«

»Der Scherz ist etwas plump, fürchte ich, denn die beiden Wörter sind nicht völlig homonym. Und zweifellos gibt es schlimmere Feste als dieses – obwohl man ständig feststellen muß, daß es nicht besonders gut organisiert ist. Um so größer ist das Vergnügen, Sie hier zu sehen, Sir John.« Professor McIlwraith verband diese Höflichkeitsfloskel mit einem forschenden Blick.

»Ich habe mich sozusagen Hals über Kopf entschlossen, hier zu erscheinen.«

»Mir geht es ähnlich. Aber der Sohn des Hauses war zufällig einer meiner letzten Schüler.«

»Mark Chitfield?«

»Derselbe. Natürlich hatte er damals sein Studium bereits beendet. Ich hatte zu jener Zeit schon lange aufgehört, mit Studenten zu arbeiten. Er ist ein gescheiter junger Mann, und er gestand mir, daß er sein Interesse an Phonemanalyse entdeckt habe. Gehört Phonemanalyse vielleicht auch zu Ihren Interessensgebieten?«

»Nein, das kann ich nicht behaupten«, sagte Appleby und fügte, da er seine Antwort ein bißchen zu lakonisch fand, hinzu: »Bisher jedenfalls nicht«, als sei just in diesem Augenblick seine Neugierde für diesen ausgefallenen Wissenschaftszweig geweckt worden.

»Nun, ich fürchte, daß im Fall von Mark Chitfield das ›Interesse‹ eher praktischer Natur war. Er wollte gern noch länger auf der Universität bleiben, um sich, wie ich vermute, Dingen von geringerem wissenschaftlichen Interesse zuzuwenden, und Phonemanalyse war das erste, was ihm in diesem Zusammenhang in den Sinn kam.«

»Es war demnach etwas, wovon er schon gehört hatte.«

»Richtig. Das muß ihm als Vorzug angerechnet werden. Außerdem fand ich Gefallen an ihm. Wir haben uns nicht aus den Augen verloren – und deshalb bin ich heute hier.«

»Ich würde Mark gern kennenlernen.«

»Dieser Wunsch, mein Lieber, geht auf der Stelle in Erfüllung.« McIlwraith blickte über Applebys Schulter. »Hier ist er.«

Appleby drehte sich um und sah sich einem Geschöpf von schauerlicher, ja grauenerregender Häßlichkeit gegenüber. Das verwachsene, bucklige Ungeheuer war über und über mit Schmutz beschmiert und nur spärlich mit ein paar Lumpen bedeckt. Flüchtig betrachtet schien es nur einen Zahn, ein Ohr und ein schiefes Auge zu haben. Aber es trug eine verbeulte Krone, und seine zerschlissenen Kleider waren hier und da mit Seide und Hermelin geflickt. Zwei schwere Lederbeutel, mit Ketten an seinem Körper befestigt, schleifte es hinter sich her, und an seiner Seite hing ein zerbrochenes Schwert.

»Guten Tag«, ergriff die Erscheinung weltläufig das Wort. »Darf ich mich vorstellen? Ich bin eine der sieben Todsünden. Welche genau, habe ich noch nicht entschieden. Kommt drauf an, wie sich die Situation entwickelt. Wollust reizt mich, ich leugne es nicht. Aber mir könnte auch Zorn gefallen.«

»Das ist Mark Chitfield«, sagte McIlwraith erstaunlich gefaßt, ja fast beifällig. »Mark, das ist Sir John Appleby, mein Nachbar.«

»Ich freue mich, Sie kennenzulernen, Sir John.« Mark streckte eine Hand aus, die irritierend sauber und gepflegt war. »Ein solcher Identitätswechsel läßt dem Bedürfnis nach Selbstdarstellung freien Lauf, finden Sie nicht auch? Ich habe meinem Vater vorgeschlagen, angemessenerweise als Geiz zu gehen, in welchem Fall ich mich für die Trägheit entschieden hätte. Haben Sie die Jungfer Marian mitgebracht, Sir?«

»Bedaure, nein.« Appleby maß Cherry Chitfields Bruder

mit einem abschätzenden Blick. »Wenigstens sorgt Ihr Kostüm für Abwechslung.«

»Genau.« Marks rußverschmiertes Gesicht hellte sich unerwartet zu einem gewinnenden Grinsen auf. »Die meisten haben, was ihre Kostüme betrifft, ein bißchen zu hoch gegriffen. Spazieren hier geradewegs aus dem Grand siècle oder der Belle Époque herein. Meine Absicht war dagegen eine treffende Darstellung der menschlichen Natur.«

»Ganz recht«, sagte Appleby. Professor McIlwraiths Sympathien für den jungen Mann beruhten vermutlich auf dessen sprachlicher Kunstfertigkeit. Sein endgültiges Urteil über den Sohn der Chitfields behielt er sich noch vor. Cherry hatte ihn »zum Davonlaufen« genannt, aber damit mochte sie bloß gemeint haben, daß er ihr zu gescheit war. Vielleicht konnte sich die ältere Schwester eher mit ihm messen. Sie hatte bereits überzeugende Beweise dafür geliefert, ebenfalls die Segnungen einer höheren Bildung genossen zu haben. Allen drei Kindern aber schien eine Neigung zu nüchterner Betrachtungsweise eigen zu sein.

»Sie haben gleichfalls eine ungewöhnliche Kostümwahl getroffen«, sagte Mark. »Von den Reichen nehmen, um den Armen zu geben und so. Wobei mir einfällt, es gibt noch jemanden in Lincolngrün. Ich bin ihm eben begegnet. Ist er Ihr Stellvertreter, Sir? Er sieht nicht gerade wie Bruder Tuck aus.«

»Es ist Colonel Pride«, sagte Appleby. »Ihr Chief Constable.«

»Großer Gott! Ihr habt unsereins anscheinend fest im Griff. Sie sehen, wir sind eine zwielichtige Gesellschaft.« Mark hatte diese letzte Bemerkung an McIlwraith gerichtet, der sichtlich verstört zur Kenntnis genommen hatte, daß mehrere hochrangige Polizisten anwesend waren. »Ich habe meinen Vater oft genug gewarnt. Eines Tages holt ihn alles ein.«

»Ich bin hier, weil Ihre Schwester Cherry mich eingeladen hat.« Appleby hatte Marks letzten Scherz ziemlich schwach gefunden. »Und nun bin ich auf der Suche nach ihr.«

»Das bin ich auch. Ich fürchte, sie führt etwas im Schilde. Gemeinsam mit ihrem jugendlichen Verehrer.«

»Dem jungen Mann namens Tibby?«

»Ebendem – Tibby Fancroft. Hat Cherry sich über ihn ausgelassen?«

»Sein Name tauchte während unserer kleinen Unterhaltung gestern auf.«

»Cherry bildet sich ein, unsere Eltern hätten was gegen ihn – einfach weil er kein Börsenmakler in spe ist. Das stimmt aber nicht. Mein Vater hat Tibby gern. Vermutlich findet er, daß der Junge genau das Richtige für seine Jüngste ist und sich leicht in irgendeiner harmlosen Konzernnische unterbringen läßt. Ich weiß gar nicht, ob Sie unseren Tibby schon kennen, Professorchen?«

»Ich hatte noch nicht das Vergnügen.« McIlwraith schien nicht im mindesten wegen dieser vertraulichen Anrede gekränkt zu sein.

»Tibby hält sich momentan auch versteckt. Mein Vater wird nicht gerade erfreut sein, wenn die beiden sich tatsächlich der elterlichen Autorität widersetzen.«

»In der Angelegenheit der geretteten – oder entführten – Jungfrau?« fragte Appleby.

»Ja. Cherry war offenbar ungewöhnlich mitteilsam.«

»Das Ganze schien sie sehr zu bedrücken. Hält Ihr Vater viel von strenger Erziehung bei seinen Kindern, Mr. Chitfield?«

»Ganz und gar nicht. Er hat nicht einmal etwas gegen Phonemanalyse gehabt – von der Ihnen das Professorchen sicher erzählt hat. Nur in dieser albernen Angelegenheit schaltet er offenbar auf stur. Was mich erstaunt, ehrlich gesagt. Und jetzt werde ich mal einen Blick auf die Bogenschützen werfen. Ein Modesport des Adels, bis er vor gut hundert Jahren vom Lawn-Tennis verdrängt wurde.«

»Das ist eine merkwürdige Sache«, sagte Professor McIlwraith. »Lawn-Tennis wurde ursprünglich auf diesen Inseln unter dem Namen ›sphairistike‹ eingeführt. Wie Sie sich erinnern werden, Sir John, war ›sphairisticos‹ der klassische griechische Begriff für jede Art von Ballspiel. Seine Übernahme ist ein schlagendes Beispiel für die ungebrochene Vitalität der alten Sprachen im Rahmen der höheren Bildung des späten neunzehnten Jahrhunderts.«

»›Schlagendes Beispiel‹ ist in diesem Zusammenhang genau das passende Wort«, sagte Mark, »obwohl ›rückschlagendes Beispiel‹ noch treffender gewesen wäre. Was das Bogenschießen angeht, so schätzten es die Gentlemen, weil die Damen dabei genötigt waren, das zu zeigen, was Figur genannt wurde – das war vor der Erfindung des Korsetts, nehme ich an. Und es dauerte noch lange, bis es der holden Weiblichkeit gestattet war, beim Lawn-Tennis Bein zu zeigen.«

»Erstaunlicherweise ist ›Korsett‹ im Altfranzösischen die Verkleinerungsform von ›Körper‹.«

»Ich muß mich auf die Suche nach meinen Freunden machen, den Birch-Blackies«, schwindelte Appleby.

»Ich begleite Sie ein Stück«, sagte Mark prompt. »Wir sehen Sie später, Professorchen.« Und damit machte er sich ohne viel Umstände mit Appleby davon. »Ich bin auf dem Weg ins Haus, ich will diese Klamotten loswerden. Dem Witz wächst allmählich ein Bart.«

»Verstehe – genug ist genug.«

»Das gilt auch fürs Professorchen, finden Sie nicht? Zuzeiten legte man sich ein Wörterbuch unters Kopfkissen, um eine Sprache zu erlernen. Unser wandelndes Lexikon hätte bestenfalls einschläfernde Wirkung, abgesehen davon, daß niemand mit ihm ins Bett gehen möchte.«

»Offensichtlich nicht.«

»Sie sollten sich auch im Bogenschießen versuchen. Sie und der Chief Constable könnten um den goldenen Schuß wetteifern. So sagt man doch, oder?«

»Ich glaube, ja.«

Wenig später trennte sich Appleby widerstrebend von seinem amüsanten Begleiter, der sich als ein gescheiter junger Mann erwiesen hatte und dessen entschiedene Respektlosigkeit in keinster Weise gegen ihn sprach. Aber für den Augenblick mußte er's genug sein lassen, sagte er sich, nicht nur, was das ausgediente wandelnde Lexikon betraf, sondern auch das mißratene Exemplar seines Anhangs.

V

Und schon bald machte sich Appleby tatsächlich zum Schießplatz der Bogenschützen auf, weil er herausgefunden hatte, daß im Theater so rasch nichts geboten werden würde. Während er dahinmarschierte, sah er seinen ersten Scheich. Scheichs waren nicht gerade eine Seltenheit – wenn man mit diesem Begriff alle entsprechend wohlhabenden Personen bezeichnete, die für jeden ersichtlich aus dem Nahen Osten kamen. Appleby traf gewöhnlich ganze Rudel von ihnen, wenn er sich in London aufhielt, das für sie anscheinend eher ein Basar als eine Stadt von historischem Interesse war. Sie waren ausschließlich von dem lobenswerten Trieb beherrscht, Geld auszugeben, und verließen deshalb die Hauptstadt nur in den seltensten Fällen. Um so erfreulicher war der Anblick des Scheichkostüms auf diesem Fest.

Nach diesen Abschweifungen waren Applebys Gedanken bei Tibby Fancroft angelangt. Die Gestalt, die er eben erblickt hatte, war sicher Tibby – trotzig in das verbotene Kostüm gehüllt. Aber im nächsten Moment sagte er sich, daß das nicht unbedingt der Fall sein müsse. Wegen der zahlreichen echten Scheichs im Londoner Stadtbild – vom Fernsehen ganz zu schweigen – war es gut vorstellbar, daß mehr als ein Festteilnehmer auf die Idee gekommen war, sich als Scheich zu verkleiden. Der Junge mochte ganz woanders stecken – brav in einer Ritterrüstung zum Beispiel. Außerdem bot sich noch eine weitere Möglichkeit an. Der Mann ging vielleicht gar nicht als Scheich, sondern als Lawrence von Arabien, der vorgab, ein echter Scheich zu sein. Man konnte diesen Faden endlos fortspinnen. Der Mann war unter Umständen ein echter Scheich, der aus nur ihm bekannten tieferen Gründen als Lawrence von Arabien ging, der vorgab, ein echter Scheich zu sein. Ein vornehmer Araber mit einer Neigung zur Satire hätte an diesem kleinen Gedankenspiel sicher seinen Spaß gehabt.

Und nun entdeckte Appleby den zweiten Scheich. Der erste war wohlbeleibt gewesen und hatte vage an einen Mehlsack erinnert, der wundersamerweise über die Fähigkeit verfügte, sich watschelnd fortzubewegen. Der zweite war von der hochgewachsenen, zurückhaltenden und würdevollen Sorte – er bewegte sich durch die Menge, wie irgendeine Galeone die ruhige See durchziehen mochte. Seine Gesichtszüge erinnerten an einen Adler. Sie wurden nur dürftig von der großen dunklen Sonnenbrille verborgen, durch die er die Scharen um sich herum musterte. Sollte er vielleicht Tibby sein? Dann würde er allerdings Zeit und Talent an Liebhaberaufführungen mit Laienschauspielern verschwenden. Es gab bestenfalls ein halbes Dutzend Männer an den Londoner Bühnen, die so hoheitsvoll aufzutreten vermochten.

Der zweite Scheich verschwand wie der erste im Gedränge, und Appleby hielt bereits nach einem dritten Ausschau. Er hatte die flüchtige Vision von einem Überfall ganzer Scheichhorden oder von dem Konkurrenzkampf aller Geschäftsleute aus der Nachbarschaft von Lombard Street oder Cheapside, die sich für dieses Kostüm entschieden hatten und nun einander voller Verbitterung musterten, so wie zwei Damen, die zufällig das gleiche süße Kleid in derselben süßen Boutique in Hampstead gekauft hatten.

Aber im Augenblick geschah nichts Aufregendes dieser Art, und Appleby konnte einen Blick auf den Schießstand der Bogenschützen werfen. Manche der Schützen waren passend kostümiert und hätten sich jederzeit um ein Engagement in Senlac Hill oder Agincourt bewerben können. Andere machten einen weniger fachmännischen Eindruck – als Teddybären, Vogelscheuchen, Hexen oder Tiefseetaucher verkleidet hatten sie Schwierigkeiten, den Bogen zu spannen. Trotzdem wurden durchaus professionelle Wettkämpfe ausgetragen, was darauf schließen ließ, daß der örtliche Bogenschützenverein sich bereit erklärt hatte, dem Fest durch seine Anwesenheit Farbe zu verleihen. Die Herren unterwiesen die Damen in der einst auf das trefflichste von den königlichen Yeomen at Arms beherrschten Kunst. Einige der Herren taten das ganz im Geist der Überlegungen, die Mark Chitfield angestellt hatte, als er sich über die Vorzüge des Bogenschießens im Hinblick auf weibliche Formen ausließ. Beim Bogenschießen besteht eine gewisse Gefahr für Leib und Leben, wenn man es zu leichtfertig betreibt, denn ein Langbogen ist eine ebenso tödliche Waffe wie ein Revolver. Aber die Schießübungen hier wurden mit großer Umsicht durchgeführt. Appleby schaute dem Treiben interessiert zu, bis er sich des Langbogens erinnerte, den er in der Hand hielt – was ihn veranlaßte, sich umgehend vom Schießplatz zu entfernen. Ein Bogen ohne Sehne ist völlig nutzlos. Und Appleby befürchtete, er könne als Spielverderber dastehen, falls er plötzlich vom Schiedsrichter für einen Wettkampf zugeteilt würde.

Auf seinem Weg zurück zum Haus dachte er über dessen Besitzer nach. Wo war Mr. Richard Chitfield? Und da er schon dabei war: Wo war Mrs. Chitfield, geborene Parker-Perkins? Nachdem sie für einen wohltätigen Zweck ihr Anwesen zur Verfügung gestellt und eine Menge Geld investiert hatten, wäre es naheliegend gewesen, sie in ihrer Rolle als bescheidene Gastgeber brillieren zu sehen. Aber Appleby konnte niemanden entdecken, der sich auf diese Weise zu erkennen gegeben hätte. Dann erinnerte er sich, daß Mr. Chitfields Mußestunden neben dem Angeln seinem Laienspieltheater gehörten. Die bevorstehenden Freilichtaufführungen waren wahrscheinlich sein ganz persönliches Anliegen, und er überwachte vermutlich die letzten Vorbereitungen. Da Appleby auf Cherrys Heldenvater ein bißchen neugierig war, lenkte er seine Schritte zurück in Richtung Theater.

Auf den Rasenflächen vor dem Herrenhaus herrschte inzwischen ein derartiges Gewimmel von Gästen, daß man jeden, den man gerade ausgemacht hatte, binnen Sekunden wieder aus den Augen verlor. Wer nicht zu kurz kommen wollte, brach bereits zum Festzelt auf, und wenn er auch nicht mit Champagner rechnete, so hoffte er mindestens auf Erdbeeren mit Schlagsahne. Am Startplatz für den Heißluftballon hatte sich etwas voreilig eine erwartungsvolle Schar von Festteilnehmern eingefunden, um den Ballon – vorläufig ein schlaffes birnenförmiges Etwas in leuchtender Farbenvielfalt – in den Himmel steigen zu sehen. Das Auffüllen mit Gas besorgte ein Mann, der verkleidet war, als sei der Mond sein Reiseziel. Sein tatsächliches Vorhaben, was immer es sein mochte, schien er mit einem anderen Wettbewerb zu verwechseln; es sah so aus, als ginge es darum, irgendwelche Ballons, die weniger hoch hinauswollten – solche etwa, wie man sie von Kinderfesten her kennt –, in die Luft zu schicken. Die

Militärkapelle, die am Ende der Terrasse aufgestellt worden war, traktierte tapfer die Instrumente ohne große Hoffnung, gehört oder gesehen zu werden.

In geringer Entfernung vom großen Festzelt standen zwei kleinere Zelte, in denen offensichtlich im Augenblick niemand verweilte. Da sah Appleby im Vorbeigehen zwischen ihnen eine Gestalt hervorkommen: Es war Applebys dritter Scheich.

Er verschwand nicht so wie die ersten beiden sofort wieder aus Applebys Blickfeld – im Gegenteil, er kam strahlend auf Appleby zu, blieb stehen und sprach ihn vertrauensvoll an. »Wenn Sie hier die Bar suchen, alter Junge, haben Sie sich ziemlich verfranzt. Hier ist nur das Häuschen.«

»Die Bar sollte zweifellos die erste Anlaufstelle sein.« Appleby bemerkte, daß dieser Scheich zwar auch eine Sonnenbrille trug, es ansonsten aber mit seiner Kostümierung nicht so genau genommen hatte. »Bedauerlicherweise habe ich sie noch nicht entdeckt.«

»Vielleicht hat sie noch nicht auf«, sagte der dritte Scheich unglücklich. »Vermutlich müssen sie die offiziellen Öffnungszeiten einhalten.«

»Das kann ich mir nicht vorstellen.« Appleby war froh, dem durstenden Wanderer in der Wüste diese Überlegung mit auf den Weg geben zu können. »Soviel ich weiß, bekommt man für ein solches Unternehmen eine Sondererlaubnis und kann unbegrenzt ausschenken.«

Der dritte Scheich faßte sichtlich wieder Mut. »Na, wenn das so ist, werde ich mich gleich auf die Suche machen.« Er schien sich an etwas zu erinnern. »Pring«, sagte er unvermittelt.

»Es freut mich, Sie kennenzulernen, Mr. Pring. Mein Name ist Appleby. Ich hoffe nur, daß Ihr Gewissen Sie nicht plagt, wenn Sie die Bar finden. Araber, wissen Sie, dürfen keinen Alkohol trinken.«

»Mein Gott, ja.« Mr. Pring geriet in leichte Verlegenheit. »Hat was mit ihrer Religion zu tun, oder? Ich hab' bestimmt nicht vor, irgend jemandem auf die Zehen zu treten, Mr. Appleby.«

»Ich glaube nicht, daß die Gefahr besteht, Mr. Pring.«

Appleby gefiel Mr. Prings ehrliches, wenn auch undeutliches Taktgefühl. »Ist Ihnen übrigens schon aufgefallen, daß auch andere Gäste als Araber kostümiert sind?«

»Ach, wirklich? Ich hab' noch keinen gesehen. Ist ja auch nicht gerade originell, muß ich sagen. Ich hätte mir was Phantasievolleres einfallen lassen, wenn Mr. Chitfield mich nicht überredet hätte.«

»Sie haben die Frage des Kostüms mit Mr. Chitfield besprochen?« Appleby war bis jetzt eher uninteressiert an Mr. Prings Nöten gewesen, aber nun regte sich sein Spürsinn.

»Chitfield hat mich gefragt, ob ich auch zu seiner Fete komme. Und so, wie die Geschäftsbeziehungen nun mal sind, hab' ich gedacht, es ist besser, wenn ich nicht nein sage. Chitfield und ich sind in dem einen und anderen Geschäft Partner.« Mr. Pring überdachte den Satz – vielleicht fand er, er habe etwas zu dick aufgetragen. »Aber damit kein falsches Bild entsteht – ich will mich bei weitem nicht mit Richard Chitfield auf eine Stufe stellen – Chitfield ist einer der Größten von uns. Aber ich bin auch nicht unvermögend, muß ich sagen, Mr. Appleby. Es sind jetzt zwölf Jahre her, daß meine Frau und ich die erste anständige Luxusherberge bezogen haben. Und seitdem ist es nur noch aufwärtsgegangen, Sir.«

»Wie schön für Sie. Ist Mrs. Pring denn auch unter den Gästen – vielleicht als verschleierte Haremsdame?«

»Mrs. Pring geht als Jungfrau von Orleans, Sir. Das war ihre eigene Idee, und es steht ihr, muß ich sagen.«

»Gewiß, Mr. Pring. Ich hoffe, ich habe das Vergnügen, Ihre Frau kennenzulernen. Sie haben also Mr. Chitfield gefragt, ob er es billige, wenn Sie als Scheich oder Emir oder eine andere Person dieser Richtung erschienen?«

»Nein, nein, Mr. Appleby. So ist das nicht gewesen. Chitfield hat mir den Vorschlag gemacht, ich muß sagen, er hat mich direkt gedrängt.«

»Verstehe. Wissen Sie zufällig, ob er ähnliche Kostümvorschläge auch anderen seiner – nun – Kollegen und Partner gemacht hat?«

»Nein, da muß ich passen.« Mr. Pring war über diese Frage ein bißchen erstaunt. »Er hat eigentlich immer ein paar Vorschläge parat. In geschäftlicher Hinsicht, meine ich. Er läßt einfach hier und da eine Bemerkung fallen, wie wenn er Napoleon ist und seinen Generälen Tips gibt, wenn Sie verstehen, was ich meine.«

»Offenbar ein eindrucksvoller Mann, dieser Chitfield. Eine dominierende Erscheinung, ohne Zweifel. Hat er Ihrer Meinung nach Sinn für Humor?«

»Oh, er kennt das rechte Wort zur rechten Zeit, wenn Sie das meinen. Nie vor Damen, wissen Sie, nicht mal vor der Kellnerin. Und das ist ein Prüfstein, finden Sie nicht auch, Mr. Appleby? Nie ein unanständiges Wort zu dem Mädchen, das das Bier zapft, und man kann sich mit gutem Gewissen sagen, daß man ein perfekter Gentleman ist.«

»In der Tat, wir sollten uns das stets vor Augen halten, Mr. Pring. Mr. Chitfield hat also nichts gegen einen Spaß zur rechten Zeit? Würden Sie auch sagen, daß er ein Spaßmacher ist? Das ist ja nicht das gleiche.«

»Garantiert nicht.« Mr. Pring war wieder erstaunt. »Für so was hat er gar keine Zeit, würde ich sagen. Er hat viel um die Ohren. Ein richtiger Macher ist das, der Richard Chitfield.«

VI

Aber mußten Mr. Chitfields Geschäfte, fragte Appleby sich im Weitergehen, unbedingt dubios sein? Tommy Pride hatte Richard Chitfield als einen »ganz gewöhnlichen Geschäftemacher« abgetan, doch das war Routine gewesen und eher der Unduldsamkeit eines Mannes zuzuschreiben, dessen Verachtung sich auf jeden erstreckte, der sein Geld nicht als ehrenwerter Tagelöhner verdiente. So kam man nicht weiter. Mark Chitfield hatte einen Witz gerissen – gleichfalls mit einer gewissen Routiniertheit – in dem Sinn, daß die gesamte Chitfield-Familie eines Tages zwangsläufig im Kittchen landen werde. Mit dieser Art makabrer Witzelei konnte man auch nicht viel anfangen. Und Cherrys Streit mit ihrem Vater war nicht ergiebiger. Die Unstimmigkeit konnte ganz einfach aufgrund einer momentanen Gereiztheit des Vaters entstanden sein, die von Cherry zu einem Drama hochstilisiert worden war. Chitfields Bitte an seinen Partner Pring, sich als Araber zu verkleiden, mochte ebensowenig bemerkenswert sein. Das einzige, worüber nachzudenken sich lohnte, war der außergewöhnliche Umstand, daß Tommy Pride angewiesen worden war (und zwar auf eine Weise, die fatal dem typischen Geheimdienst-Getue glich), diese aufgeblähte Gartenparty unter Polizeischutz zu stellen – was er mit einem Minimum an Aufwand getan hatte. Aber das Fest war Chitfields Einfall. Es war demnach Chitfield, der eine gründliche Musterung verdiente. Appleby beschloß, nach dem unauffindbaren Gastgeber des Nachmittags zu suchen.

Also schlug er den Weg zum Theater ein und stellte dabei fest, daß viele Leute in dieselbe Richtung strebten wie er. Ihm kam die Idee, sich einmal das Programm genauer anzusehen, das ihm die ältere Miss Chitfield am Eingangstor in die Hand gedrückt hatte. Offensichtlich hätte der szenische Teil der nachmittäglichen Vergnügungen in den nächsten zehn Minuten beginnen sollen, aber es sah eher so aus, als würde es noch mindestens eine halbe Stunde dauern. Man konnte ohnehin mit keiner großartigen Bühnenerfahrung rechnen. Verschiedene örtliche Vereine, Gesellschaften und Zirkel hatten offenbar eine Reihe kleiner Szenen und Sketche einstudiert, die unter dem hochtrabenden Motto »Englische Geschichte« miteinander verknüpft worden waren. Es sollten alte Briten auftreten, die Bären jagten, und andere, ebenso alte Briten, die Cäsar und seinen Legionen in einer handfesten Rauferei die Stirn boten. Es sollte eine Szene der Verfemten im Sherwood Forest geben (für Appleby von möglichem Interesse) mit eingestreuten Zitaten aus »Wie es euch gefällt«. Ein paar Pfadfindergruppen hatten sich zusammengetan, um den Entsatz von Mafeking in Betschuanaland unter Colonel R. S. S. Baden-Powell aufzuführen, dessen Part von William Birch-Blackie übernommen worden war. Und so weiter, und so weiter. Für das Ehepaar Birch-Blackie und andere Eltern mochte es ein großer Spaß sein, ihre Lieblinge auf der Bühne zu bewundern – für alle anderen war es möglicherweise ein bißchen langweilig.

Nicht alle Gäste waren zum Theater unterwegs. Appleby beobachtete amüsiert, wie eine Anzahl Männer mit auffälliger Unauffälligkeit gegen den Strom schwamm. Einige dieser

Unbotmäßigen gehörten ganz offensichtlich zu den zahlungskräftigeren unter Mr. Chitfields Gästen, zumindest wenn man sie nach ihrem Kostüm beurteilte. Wie Mark Chitfield richtig beobachtet hatte, verrieten überraschend viele Gäste durch die Wahl ihres Kostüms eine bestimmte Sehnsucht nach Rang und Namen. Das erklärte wohl all die Herren in Perücken und Kniehosen und die Damen in Prachtroben des 18. Jahrhunderts. Derb komische oder groteske Verkleidungen (wie Marks Todsünde) trugen nur eine Handvoll mutiger Männer, die in der Mehrheit den szenischen Lustbarkeiten nichts abgewinnen konnten und von dannen strebten. Einer der Tiefseetaucher, zwei prachtvoll angemalte Clowns, ein Chinese und ein Mann mit Eselskopf, der offenbar als Shakespeares Zettel ging, gehörten zu den Abtrünnigen, die auffielen. Vielleicht waren diese verwegeneren Festteilnehmer ebenso wie Mr. Pring auf der Suche nach der Bar.

Während Appleby noch seine Beobachtungen anstellte, tauchte Mark wieder auf, diesmal in Cherrys Begleitung. Der junge Mann hatte seine Absicht wahrgemacht und sich sozusagen in Zivil geworfen – ein Zivil von bemerkenswerter Eleganz. Der Kleidungswechsel hatte ihn unverkennbar in den Sohn des Hauses verwandelt, als der er liebenswürdig für seinen unsichtbaren Vater die Pflichten des Gastgebers übernahm. Aber seinem Auftreten haftete ein Hauch von Nachsicht oder sogar Geringschätzung für all die Kindereien um ihn herum an, der denjenigen, die ihn wahrnahmen, sicher nicht zur reinen Freude gereichte. Was Cherrys Verkleidung betraf, so konnte Appleby nicht viel mit ihr anfangen. Sie trug einen Tropenhelm und einen Hosenanzug aus weißem Drillich, der aus ihr entweder eine Tropenforscherin machen sollte oder eine Europäerin, die ihren Mann auf der Tigerjagd in Indien begleitete. Sie hätte sich gut auf jenem Elefanten ausgenommen, auf dessen Rücken sitzend sich Appleby in seiner Eigenschaft als Radscha zu Beginn des Festes gesehen hatte. Auf jeden Fall war sie weit davon entfernt, irgendeine Art mittelalterliche Prinzessin zu verkörpern.

»Hallo, Sir John!« rief sie. »Patty hat mir gesagt, daß Sie hier sind. Nett von Ihnen.«

»Es ist mir ein Vergnügen, Miss Chitfield.« Und weil er

seine Antwort vielleicht doch für zu konventionell hielt, fügte Appleby hinzu: »Ist Patty schon zu Bett gegangen?«

»Warum sollte sie schlafengehen? Fühlt sie sich nicht wohl?«

»Doch, doch. Sie sagte nur, sie sehne sich nach ihrem Bett.«

»Unsere Eltern hätten sie nicht Patience nennen sollen«, erklärte Mark. »Erstens ist es ein schrecklich gewöhnlicher Name. Und zweitens hieß das, die Vorsehung versuchen. Patty besitzt nicht einen Funken Geduld. Meine wiederum kennt keine Grenzen. Auf diese Weise stehe ich den ganzen schwachsinnigen Mummenschanz durch.«

»Sie halten sich großartig, finde ich«, sagte Appleby. »Ich hoffe übrigens, daß einer von Ihnen mich mit Ihren Eltern bekannt macht. Ich möchte ihnen gern die Ehrerbietung erweisen.«

»Was meine Mutter betrifft, müßten Sie in diesem Fall eine Kehrtwendung um hundertachtzig Grad vollziehen.« Mark zeigte mit dem Daumen über die Schulter. »Sie ist in dem großen Zelt da drüben und überwacht das Personal, das die Erfrischungen reicht.«

»Sie ist zeitweise richtig vernünftig«, räumte Cherry ein. »Sie weiß jedenfalls, worauf's ankommt. Mein Vater ist garantiert im Theater, besuchen wir ihn doch dort. Das Theater ist sein ganzer Stolz.«

»Das dachte ich mir. Ich habe übrigens zufällig einen seiner Geschäftspartner kennengelernt. Eine durstige Seele mit Namen Pring.«

»Ach du lieber Gott!« rief Mark aus. »Ist Pring schon wieder draußen? Das haben wir seinem Bewährungshelfer zu verdanken. Man hat ihn bestimmt bestochen.«

Das war offenbar einer von Marks schlechteren Witzen. Seine Schwester überhörte ihn und nahm auf reizende Weise Applebys Arm.

»Wahrscheinlich beginnen sie mit den alten Briten«, sagte sie. »Nichts als Strumpfhosen und blaue Wämse. Wenn sie bei Sherwood angekommen sind, Sir John, dürfen Sie mitspielen. Daddy ist ganz erpicht darauf, daß sich das Publikum beteiligt.«

Cherry Chitfield hatte nichts mehr von der weltschmerzgeplagten Maid des vergangenen Tages. Sie war ausgesprochen gut gelaunt. Besser gesagt, sie war spürbar aufgeregt. Appleby warf noch einmal einen flüchtigen Blick auf ihr Kostüm und stellte fest, daß er mittlerweile richtig gespannt auf Tibby Fancroft war, das zweite Phantom. Er hatte sich von Tibby nicht gerade das Bild eines Despoten gemacht und argwöhnte, daß der Junge im Augenblick einen von Cherrys Aufträgen erledigte. Aber das waren reine Spekulationen, auf die sich ein kompetenter Polizist nie einlassen sollte. Appleby rief sich ins Gedächtnis, daß die Kompetenz schließlich bei Tommy Pride lag. Er war nur als älterer Gentleman hier, der viel Zeit hatte. Das mußte indes nicht bedeuten, daß er keine Fragen stellte, wenn sie in ihm aufstiegen.

»Ein Fest dieser Größenordnung«, sagte er zu Mark, »das dazu mit einem so großen Angebot an Unterhaltungsmöglichkeiten aufwartet, muß eine Menge Arbeit machen. Und zwangsläufig viel Vorbereitungszeit beanspruchen. Ich nehme an, alles ist schon lange vorausgeplant worden.«

»Das kann man wohl sagen. Mein Vater hat einen großen Teil seiner schwer erkämpften Freizeit im letzten halben Jahr darauf verwendet. Jedenfalls ist er seltener als üblich zum Angeln gefahren. Dabei wissen wir nicht einmal, ob er je einen Fisch fängt. Vermutlich hat er dafür jemanden engagiert. Verantwortung delegieren, so nennt man das doch.«

»Er haßt also halbe Sachen?« Appleby ließ sich durch Marks müden Scherz nicht ablenken.

»Und wie. Alles wird zu Beginn schriftlich festgelegt, und wehe, wenn jemand davon abweicht!«

»Die Kostümierung der Gäste heute nachmittag, zum Beispiel, das war nicht zufällig ein nachträglicher Einfall?«

»Nie im Leben. Ich glaube, zum erstenmal gehört davon haben wir... vor Weihnachten. Oder, Cherry?«

»Ja, und von da an fast ständig. Kann man sich was Langweiligeres vorstellen, als monatelang eine dämliche Party zu organisieren? Setzen wir Sir John in die erste Reihe, Mark, und suchen wir Daddy. Er hört wahrscheinlich jemandem sozusagen fünf vor zwölf die Rolle ab oder klebt Bärte an.«

Nur widerstrebend fügte Appleby sich in sein Los, auf

einen so exponierten Platz verfrachtet und sich selbst überlassen zu werden. Die Stühle wurden einer nach dem anderen besetzt. Ein provisorisch zwischen zwei Birken angebrachter Bühnenvorhang störte das Bild, das der strahlend blaue Himmel bot. Die Luft summte vor Geschäftigkeit, es roch nach zertretenem Gras. Zweifelsohne herrschte hinter dem Vorhang bereits reger Betrieb; aber daß sich dort Horden alter Briten und ganze Hundertschaften von Römern verbargen, stand nicht zu befürchten.

»Entschuldigen Sie«, ertönte eine weibliche Stimme hinter Applebys Ohr, »können Sie mir sagen, was eine glückliche Errettung sein soll?«

»Eine glückliche Errettung? Ich fürchte, ich verstehe Sie nicht, Madame.« Appleby hatte sich umgedreht und erblickte eine Dame mittleren Alters, die über ihrem Programm brütete.

»So heißt es hier: ›Glückliche Errettung‹. Ob es sich um Robert Browning und Elizabeth Barrett handelt? Ich hätte gedacht, das sei ein wenig zu literarisch, finden Sie nicht auch? Für diesen Zuschauerkreis, meine ich.«

»Schon möglich.«

»Und nicht wirklich ein Ereignis von historischem Rang.«

»Bestimmt nicht.« Diese Plaudertasche erwies sich also auch noch als neunmalklug, stellte Appleby fest. »Unter irgendein Motto mußte die bunte Mischung wohl gestellt werden. Viele Köpfe gehen schwer unter einen Hut. Welch ein Glück, daß das Wetter mitspielt.«

Nachdem er dem Gespräch auf diese Weise ein schickliches Ende bereitet hatte, machte Appleby es sich auf seinem Stuhl bequem und wandte sich eigenen Betrachtungen zu. Es schien ihm, daß »Glückliche Errettung«, obwohl vermutlich auf die mittelalterliche Cherry bezogen, die von einem Ritter in Blech aus den Händen des Zauberers gerettet werden sollte, mit einigem Wohlwollen ebenso auf die moderne Cherry anzuwenden wäre, die ein liebender Wüstensohn entführte. Vielleicht hatte die Familie diesen Titel in kompromißbereiter Stimmung gefunden, als die Zulässigkeit von Cherrys eigenen Wünschen in dieser Angelegenheit noch immer diskutiert wurde.

»Ich dachte, Sie wüßten es vielleicht, weil ich Sie mit den Chitfield-Kindern sah.« Appleby hatte die Dame hinter sich noch nicht abgeschüttelt. »Zauberhafte junge Leute.«

»Da stimme ich Ihnen zu.«

»Mein Mann könnte es wissen, er ist ein enger Freund von Richard Chitfield, und Richard ist ja der Spiritus rector bei diesen Dingen. Kennen Sie meinen Mann zufällig?«

»Ich glaube nicht, daß ich das Vergnügen hatte, Madame.« Appleby mußte sich höflichkeitshalber wieder umdrehen. Seine Gesprächspartnerin trug zwei Flügel – unverkennbar Flügel der teuersten Sorte – und dazu ein Kleid, das augenscheinlich das Firmament in einer klaren Nacht zeigen sollte. Sie hatte auch noch einen Zauberstab in der Hand mit einem funkelnden Sternchen auf der Spitze. Sie hätte als gute Fee in einer Pantomime auftreten können, war aber Applebys Einschätzung nach in der Hierarchie der Fabelwelt höher angesiedelt. Eine Feenkönigin, mit Sicherheit – und zwar nicht aus Spensers, sondern aus Shakespeares Märchenwelt. Hier saß also Titania – jedenfalls erschien Appleby diese Annahme so überzeugend, daß er beschloß, im weiteren Verlauf des Gesprächs davon auszugehen. »Ist es Ihr Gatte«, fragte er, »der die Rolle des Zettel spielt?«

»Ja.« Titania war entzückt über diese kombinatorische Meisterleistung. »Rupert hat bedeutende geschäftliche Verbindungen zur Textilindustrie im Fernen Osten. Da dachte ich mir, nichts könnte angemessener für ihn sein, als Zettel, den Weber, darzustellen. Ich habe den Eselskopf eigens so anfertigen lassen, daß er ihn nicht ständig absetzen muß. Er kann natürlich nichts essen oder trinken. Aber im Eselsmaul ist ganz versteckt ein kleines Fenster eingebaut.«

»Genial, ich gratuliere Ihnen.« Appleby kam zu dem Schluß, daß der arme Zettel demnach gar nicht auf dem Weg zur Bar gewesen sein konnte. »Und? Haben Sie einen Freund mitgebracht?« fragte er. »Einen Oberon?«

»Leider nein. Aber wie wunderbar, daß Sie ein Liebhaber von Shakespeare sind! Rupert ist ein großer Verehrer von Shakespeare. Sie müssen ihn wirklich kennenlernen.«

»Hoffentlich ergibt sich eine Gelegenheit.« Appleby, ein eiserner Verfechter guter Manieren, brachte die Antwort vor, ohne mit der Wimper zu zucken. Er kannte diese gottverfluchte Evastochter zwar nicht, aber das hieß nicht, daß er sie unhöflich behandeln durfte.

»Ich weiß natürlich genau, wer Sie sind, Sir John. Ambrose Birch-Blackie hat mich vorhin auf Sie aufmerksam gemacht. Er hatte Sie gerade erst selbst entdeckt und hoffte darauf, Sie im Laufe des Nachmittags noch zu sprechen. Ich bin Cynthia Plenderleith.«

»Sehr erfreut, Mrs. Plenderleith. Oh, mir scheint, der Vorhang hebt sich.«

»Das glaube ich nicht. Sie überprüfen ihn nur. Ich hoffe ja so sehr, daß Rupert wieder zurück ist, wenn die Darbietungen beginnen. Er müsse noch einmal fort, hat er gesagt. Ich kann mir gar nicht vorstellen, warum.«

Appleby hätte erwidern können: Vielleicht sucht er ein bißchen Stille – oder gar ein stilles Örtchen. Da aber keine der beiden Mutmaßungen im Gespräch mit einer Feenkönigin zulässig war, hielt er sich zurück.

»Er sagte, es würde etwa eine halbe Stunde dauern. So langsam, muß ich sagen, fühle ich mich vernachlässigt.«

»Ich bin überzeugt, daß dazu kein Grund besteht, Madame.« Appleby machte dieses leicht gequälte Kompliment und fragte sich gleichzeitig, ob er etwa die Sitzreihe wechseln müsse, um die Dame zu betreuen. Er entschied sich für einen Themawechsel. »Ist Richard Chitfield auch kostümiert?« fragte er. »Er müßte Theseus sein, finde ich, Herzog von Athen. Schließlich befinden wir uns mit etwas Phantasie in einer Art Palast, und einen Wald haben wir auch in der Nähe.«

»Welch aufregender Einfall, Sir John!« Mrs. Plenderleith war offenbar ebenfalls eine glühende Shakespeare-Liebhaberin. »Glauben Sie etwa, daß wir bald in alle möglichen Verwirrungen geraten?«

»Das halte ich für unwahrscheinlich. Die Vergnügungen hier werden freilich ihre verwirrenden Momente haben. Aber ich bezweifle, daß wir in den ganzen Zauber verstrickt werden.«

Mit dieser Meinung – sofern er sie tatsächlich vertrat – lag Sir John Appleby falsch.

VII

Die Tatsache, daß weder Mark noch Cherry Chitfield wieder aufgetaucht waren, ehe der Vorhang sich hob und den Blick auf die alten Briten mit ihrem Bären freigab, war an sich nicht überraschend. Sie hatten Appleby mit der vagen Zusage in der ersten Stuhlreihe abgeliefert, daß sie den Vater ausfindig und mit Appleby bekannt machen würden. Aber sie hatten noch eine Menge anderer Dinge im Kopf. Das gleiche galt mit Sicherheit für Richard Chitfield.

Die Briten mit ihrem Bären waren in ihrer derben Art durchaus komisch. Mrs. Plenderleith, auf Shakespeare fixiert, hätte anmerken können, daß das Tier aus dem »Wintermärchen« ausgeborgt worden sei – mit dem Unterschied, daß dort der Bär Antigonus jagt, während hier hochgemute Burschen in blauen Wämsen den Bären jagten. Von Shakespeare wird überdies behauptet, er habe sich einen echten Vierbeiner aus einem Bärenzwinger ausgeliehen, während hier nur ein Zweibeiner unterwegs war. In seiner Eigenschaft als Bär war er sozusagen ein Vetter ersten Grades der Stoffbären, die sich beim Bogenschießen vergnügt hatten, und möglicherweise konnte er als Vetter zweiten Grades gelten, was den verschwundenen Textillöwen alias Zettel, den Weber, betraf.

Als der Vorhang sich vor die Bärenjäger senkte, standen viele Zuschauer auf und vertraten sich die Füße. Erfahren in solchen Laienspielen, wußten sie, daß bis zur nächsten Nummer eine längere Pause eintreten würde. Appleby folgte ihrem Beispiel – äußerst vorsichtig, da sein Hauptziel war, sich unauffällig von der redseligen Mrs. Plenderleith zu entfernen. Vielleicht murmelte er etwas von der Art wie: Schlimmtreffen wir bei Mondenlicht, du stolze Titania. Nur war natürlich noch heller Tag – allerdings sah es so aus, als sollte es Nacht werden, bevor dieses Überangebot an Theaterdarbietungen vorüber sein würde. Also verschwand er still und heimlich, einen Kurzaufenthalt an der Bar im Sinn. Eine leichte Melancholie hatte sich seiner bemächtigt, die von dem Gefühl herrührte, sich zum Narren gemacht zu haben. Selbst wenn dieses Fest der Chitfields irgendwelche Rätsel barg, ging ihn das nichts an. Aber in ebendiesem Augenblick passierte etwas, das seine Lebensgeister wieder weckte: Er stieß auf den vierten Scheich.

Ganz traf das allerdings nicht zu, denn in diesem Fall hielt eindeutig der Scheich nach Appleby Ausschau. Er hastete förmlich herbei und richtete ohne große Umschweife das Wort an ihn. »Entschuldigen Sie«, fragte er, »sind Sie der richtige Robin Hood?«

»Schwer zu sagen.« Appleby erkannte sofort, daß hier endlich Tibby Fancroft war: ein aufgeregter englischer Junge, dessen hellrosa Teint durch einen kleinen schwarzen Bart unterstrichen wurde, der nicht ganz gerade am Kinn klebte. »Mit Sicherheit ist ein weiterer unterwegs, und es können noch mehr sein. Wie ja zweifellos auch eine erstaunliche Anzahl von Scheichs herumläuft.«

»Ja, es kann einen ganz verrückt machen. Aber ich meinte nur, ob Sie der Robin Hood sind, der Cherry Chitfield kennt? Sir John Soundso?«

»Appleby. Ja, der bin ich. Es freut mich, Sie kennenzulernen, Mr. Fancroft. Wie geht es Ihnen?«

»Verdammt mies. Wir machen uns große Sorgen. Oder besser, Cherry macht sie sich. Und deshalb ich natürlich auch.«

»Natürlich.«

»Sie hat mir gesagt, ich soll Sie suchen, und ich hoffe, Sie finden das nicht aufdringlich. Mr. Chitfield ist nämlich verschwunden. Er ist nirgendwo im Theater zu finden.«

»Was ist daran so beunruhigend? Er kann doch wegen irgendeiner Angelegenheit abgerufen worden sein. Ich habe mir sagen lassen, daß er ein vielbeschäftigter Mann ist.«

»Ja, ich weiß. Trotzdem, es ist... nun, es ist absolut ungewöhnlich. Cherry sagt, nichts könne ihn von der Show hier weglocken. Nichts, wenn sie erst einmal angefangen hat. Er hat sie schließlich ins Leben gerufen.«

»Das sehe ich auch so.«

»Ich persönlich glaube, daß wir ihn schwer gekränkt haben. Cherry und ich, meine ich. Er hat mich in diesen verdammten Klamotten aus Tischtüchern und Servietten gesehen und ist völlig aufgebracht davongejagt. Ich hatte gedacht, er würde es letzten Endes mit Humor aufnehmen. Er ist nämlich an sich schwer in Ordnung. Hätte ich geahnt, daß er wirklich eingeschnappt sein würde, hätte ich bestimmt nicht darauf beharrt. Auch nicht, wenn Cherry ...«

»Verstehe. Aber ich glaube nicht, daß Ihre Erklärung für Mr. Chitfields Abwesenheit vom Theater überzeugend ist. Er hätte auf recht drastische Weise Ihre alberne Wüstenliebe verbieten können. Er hätte Sie möglicherweise aus dem Haus gewiesen, Mr. Fancroft. Aber er hätte sich nie schmollend zurückgezogen. Ich habe den Eindruck, Sie dichten ihm da ein eher kindliches Gemüt an. Sind Sie überhaupt sicher, daß er Sie in diesem Aufzug gesehen hat?«

»Nein, nicht ganz. Genaugenommen bin ich ihm soweit wie möglich aus dem Weg gegangen. Aber irgendwer hat gesagt, er habe Mr. Chitfield zum Haus gehen sehen. Und ich will mich jetzt bei ihm entschuldigen. Ich finde, das gehört sich so. Finden Sie nicht auch, Sir?«

»Allerdings«, sagte Appleby überzeugt. »Wenn Sie gegen seinen ausdrücklichen Wunsch gehandelt haben – wie unverständlich er Ihnen auch erschienen sein mag –, und das hier, in seinem Haus und im Bündnis mit seiner Tochter, dann sollten Sie ihm schon sagen, daß es ein Fehler war und daß es Ihnen leid tut. Ich vermute, daß sich der Sturm sofort legt.«

»Genau das habe ich vor, und zwar auf der Stelle, Sir John. Aber ich möchte, daß Sie mitkommen. Vielmehr Cherry möchte es.«

»Mein lieber junger Mann, nichts könnte weniger angebracht sein. Ich kenne Mr. Chitfield nicht. Bis gestern nachmittag kannte ich überhaupt keinen aus der Familie.« Appleby hielt inne und erinnerte sich, wie dringlich Cherry ihn gebeten hatte, zu dieser turbulenten Gartenparty zu kommen. »Hören Sie!« sagte er abrupt. »Halten Sie es für möglich, daß Cherry damit etwas ganz anderes verfolgt – etwas, was mit Ihnen direkt nichts zu tun hat?«

»Ich verstehe nicht.«

»Ich leider auch nicht. Scheint sie in Sorge um irgend etwas, was sie Ihnen verschwiegen hat? Offen gestanden scheint mir Cherry in mancher Hinsicht noch recht kindlich zu sein. Aber sie macht auf mich auch den Eindruck einer recht feinfühligen und aufmerksamen Beobachterin.«

»Stimmt.« Tibby Fancroft hatte gegen diese keineswegs uneingeschränkte Lobpreisung seiner geliebten Cherry nichts einzuwenden. »Mir kam es schon ein bißchen so vor, als mache sie sich um irgendwas hier Sorgen. Ich wüßte nur nicht, um was. Ich finde es auf Drool Court prima. Und alle sind sehr nett zu mir. Mrs. Chitfield hat eine romantische Ader und hört schon die Hochzeitsglocken läuten.«

»Das freut mich sehr, Mr. Fancroft. Und inzwischen habe ich mich doch entschlossen, Sie ins Haus zu begleiten.«

Noch immer bevölkerten viele Festteilnehmer die Gartenwege und den Rasen und belagerten das Festzelt. Auf der Terrasse bot die Militärkapelle gerade ein Potpourri, Melodien aus dem Hause Gilbert & Sullivan, und zwar mit Rücksicht auf einen akustisch störungsfreien Ablauf der Theaterdarbietungen eine Ecke weiter in gedämpfter Lautstärke. Ganz offensichtlich wurde es niemandem verübelt, wenn er das Theater links liegen ließ und sich anderweitig vergnügte. Auch Mr. Pring war wiederaufgetaucht. Sichtlich erfrischt, flanierte er mit seiner Frau zwischen den Blumenbeeten auf und ab. Mrs. Pring nahm ihren Part ernst genug, um ständig das ziemlich hinderliche, heraldisch korrekt mit dem lothringischen Kreuz bestickte Banner mit sich zu führen. Sie war eine üppige Dame und – womit zu rechnen gewesen war – in reiferem Alter, als es die Jungfrau von Orleans hatte erreichen dürfen.

Appleby blieb nicht viel Zeit für weitere Betrachtungen. Tibby trieb ihn zur Eile an. Es hatte den Anschein, als dränge es den Jungen, dem gekränkten Vater so schnell wie möglich sein Bedauern darüber auszusprechen, daß er in ungebührlicher Weise auf der Entführung der jüngeren Miss Chitfield zu den Zelten Arabiens hatte beharren wollen. Wie hatte Tibby Fancroft sich nur auf diese absurde Idee versteifen können, wo er doch ein gescheiter junger Mann war? Obwohl Appleby nach wie vor der Meinung war, ihn ginge das alles nichts an, begleitete er Tibby mit wachsender Unruhe.

Sie betraten das Haus durch das offene Portal und durchquerten eine kahle Vorhalle. Dahinter lag eine große Halle, die mit allen Zeichen üppigen Wohlstands ausgestattet war. Sollten die Chitfields tatsächlich einmal allesamt im Gefängnis landen, würde ihnen der Gegensatz zu ihrer gewohnten

Umgebung sicherlich qualvoll bewußt werden. Nahezu alles war mit Geschmack ausgewählt worden, oder zumindest verdienten die einzelnen Objekte dieses Lob. Die schiere Menge auf Regalen, in Nischen und in Schränkchen ließ sie protzig wirken. Appleby, dessen abschätzender Blick über eine Vielzahl kostbarer Winzigkeiten gewandert war, die so leicht in irgendwelchen Taschen hätten verschwinden können, war einigermaßen erstaunt, daß an einem Tag wie diesem alles unbeaufsichtigt blieb. Das ganze Haus war wie ausgestorben. Natürlich stand es den Gästen nicht offen, und natürlich wurde erwartet, daß auch alle Chitfields sich draußen aufhielten, um sich in irgendeiner Weise um den Ablauf des Fests zu kümmern, ebenso wie das Personal, soweit welches vorhanden war. Dennoch...

»Er ist wahrscheinlich in der Bibliothek«, sagte Tibby, »kommen Sie.«

Appleby, dem es nicht so recht einleuchtete, warum Richard Chitfield sich ausgerechnet in der Bibliothek aufhalten sollte, zögerte einen Augenblick lang, Tibbys Aufforderung zu folgen. Er griff zum erstbesten Mittel, um Zeit zu gewinnen.

»Haben Sie eigentlich schon daran gedacht, sich vielleicht nicht ausgerechnet in diesem arabischen Aufzug vor Mr. Chitfield sehen zu lassen?« fragte er Tibby. »Ihre Entschuldigung würde bestimmt überzeugender wirken, wenn Sie das Gewand abgelegt hätten.«

»Oh, da bin ich mir nicht so sicher.« Tibby war wenigstens stehengeblieben. »Es ist doch nur ein blödes weißes Laken, oder? Und das ist doch goldrichtig für einen reuigen Sünder.«

Diese witzige Bemerkung war zwar etwas fehl am Platz, sprach aber wider Erwarten für Tibbys Schlagfertigkeit. Trotzdem blieb Appleby unnachgiebig.

»Ich glaube nicht, daß Mr. Chitfield bereit wäre, das so zu sehen, Mr. Fancroft.«

»Also schön. Weg damit.« Tibby zerrte das Stirnband herunter und nahm die Arme hoch, zog den Kopf ein und schüttelte sich aus dem Haik, Burnus oder wie immer sich dieses Gewand nennen mochte, das ihn als Wüstensohn ausgewiesen hatte. Mit einem kleinen Schmerzenslaut riß er das schwarze Bärtchen ab, um schließlich als ein sehr englischer junger Bursche dazustehen, der gerade aus dem Teenageralter heraus war und der ein ganz gewöhnliches Sporthemd und eine dunkle Hose trug. »Wenigstens war es kein kompliziertes Kostüm«, meinte er, rollte die Stücke zusammen und ließ das Bündel achtlos zu Boden fallen. »Die Sonnenbrille auch«, sagte er, angelte danach in der Hosentasche und legte sie obenauf. »Ich habe keine Ahnung, warum diese Araber meinen, sie trügen die heiße Sonne Arabiens auch hier mit sich herum. Aber jetzt gehen wir. Die Bibliothek liegt dort am Ende des Ganges. Auf ihre Art ist sie recht eindrucksvoll. Ich schätze, die Bücher kamen mit dem Haus in die Familie.«

Appleby hatte sich damit abgefunden, auf äußerst unhöfliche Weise in die Privatsphäre des Hausherrn einzudringen. Aber Tibby bewegte sich mit der Sicherheit dessen, der wußte, daß er sich wie zu Hause fühlen durfte, und mit der gleichen Sicherheit glaubte er, Richard Chitfield dort vorzufinden, wo er ihn vermutete. Also gingen sie beide den Gang entlang und machten vor der Bibliothekstür halt. Deutlich war von drinnen Stimmengemurmel zu hören.

»Mir scheint, Chitfield hält eine Art Krisensitzung ab«, sagte Appleby. »Es muß sich um eine dringliche Angelegenheit handeln, wenn sie ihn von seinem geliebten Theater fortgerufen hat. Ich an Ihrer Stelle würde meinen Bußgang vertagen.«

»Quatsch!« sagte Tibby in rüdem Ton, stieß die Tür auf und betrat den Raum. Appleby folgte ihm und sah sich mit einer überraschenden Situation konfrontiert: Ein Mann hinderte Tibby Fancroft auf drastische Weise am Weitergehen, indem er einen Revolver auf ihn richtete. Dann ertönte eine gebieterische Stimme vom anderen Ende der Bibliothek her, der Revolver verschwand, und sein Besitzer nahm wieder seinen Platz als Aufpasser neben der Tür ein.

Aber war das schon einigermaßen beunruhigend, so gab es in der Bibliothek noch viel verwirrendere Dinge zu sehen. Am Kopf eines langen Tisches thronte – als einziger im Straßenanzug – der Mann, der gerade die knappe Anweisung gegeben hatte: Richard Chitfield, soviel stand fest. Am anderen Ende saß Zettel, der Weber, noch ganz im Banne des Zaubers, den wahrscheinlich Puck über ihn verhängt hatte. Außerdem waren anwesend: der würdigste der bisher von Appleby gesichteten Scheichs, ein Chinese, ein Teddybär, der Tiefseetaucher und zwei grotesk bemalte Zirkusclowns.

Man hätte erwarten können, daß Mr. Richard Chitfield, ein respektabler Geschäftsmann, ein wenig verlegen gewesen wäre, in einer solch ausgefallenen Gesellschaft aufgespürt zu werden. Aber das schien nicht der Fall zu sein. »Tibby«, tadelte er milde, so wie man etwa einen Sohn oder den Freund des Sohnes zurechtweisen könnte, der eine harmlose Dummheit begangen hat, »du siehst doch, daß ich beschäftigt bin.«

»Entschuldigen Sie, Sir.« Einen Augenblick lang starrte Tibby die Gesellschaft ungläubig an, als sei er unversehens in eines von Circes Gelagen geraten. Dann verlor er die Nerven und ergriff die Flucht. Unsanft drängte er den pensionierten Polizeichef von London aus dem Raum – und schon schloß sich hinter ihnen die Tür, vermutlich durch die Hand des bewaffneten Pförtners.

»Ach du lieber Gott!« rief Tibby aus. »Das ist ja das reinste Irrenhaus. So was hat es seit dem Fünf-Uhr-Tee von Märzhase und Hutmacher nicht mehr gegeben, sagen Sie doch selbst, Sir!«

»Ziemlich bizarr, was wir da eben gesehen haben, gewiß, Mr. Fancroft. Aber wir sind schließlich unaufgefordert eingedrungen und haben eigentlich kein Recht, uns zu beklagen.«

»Ich beklage mich nicht, ich halte nur die Tatsachen fest.«

»Zweifellos. Ich würde selber so weit gehen, mich Ihrem frommen Ausruf anzuschließen. Ach du lieber Gott, wie Sie sagten. Aber was das Irrenhaus betrifft, bin ich anderer Meinung. Wir sind vielleicht zufällig auf eine Laune der Phantasie gestoßen, aber nicht auf irgendeine Manifestation von Massenwahn. Man hält keine Vorstandssitzung – und danach sah es doch aus – als Teddybär oder Chinese verkleidet ab, nur um zu beweisen, daß man in die Klapsmühle gehört. Auch der Wahnsinn hat Methode. Aber ob uns das etwas angeht, kann ich im Augenblick nicht sagen.«

»Für Sie mag das zutreffen. Sie sind nur hier, weil Cherry Sie aus mir unerfindlichen Gründen überredet hat, eine Eintrittskarte zu kaufen. Aber bei mir ist das was anderes.«

Tibby Fancroft hatte die Fassung wiedergewonnen. »Cherry ist meine Freundin, und ich glaube nicht, daß ich dem alten Knaben mißfalle. Im Gegenteil. Ich bin zwar nicht gerade eine Partie, aber ich habe das Gefühl, er wird zugreifen, womit ich ein Angehöriger des Chitfield-Clans wäre. Und trotzdem behandelt man mich so.«

»Vielleicht ist alles viel harmloser, als wir glauben, Mr. Fancroft. Mr. Chitfields Freunde und Geschäftspartner kommen zur Party – kostümiert, wie gewünscht. Plötzlich ergibt sich eine Situation, die eine geschäftliche Besprechung erforderlich macht, und man setzt sich so, wie man ist, zusammen. Unter Verzicht auf Schirm, Charme und Melone. So könnte es doch gewesen sein.«

»Aber Sie haben doch auch diesen Typen mit der Kanone gesehen, oder? Ich hatte den verdammten Lauf direkt vor der Nase.«

»Ich räume ein, daß dieser Sicherheitsaufwand seltsam ist. Aber wir leben in unruhigen Zeiten. Selbst auf die Kutscher ist kein Verlaß mehr.«

»Wie witzig«, sagte Tibby schlechtgelaunt. Er war sichtlich nicht in der Stimmung, sich Scherze frei nach Dickens anzuhören. »Das glauben Sie doch selber nicht, Sir John. Sie wissen genau, daß es in Wahrheit unerklärlich und beunruhigend ist.«

»Sie haben recht.« Tibbys spontane Beurteilung hörte sich vernünftig an. »Kommen Sie, gehen wir wieder nach draußen.«

Die beiden gingen durch die imponierende Halle von Drool Court auf die Vorhalle und das geöffnete Portal zu, als Tibby noch einmal stehenblieb.

»Wenn Sie mich fragen«, sagte er, »sollte dieser Sicherheitsfritze mit der Kanone lieber auf den Familienschatz aufpassen. Allein hier vor unserer Nase steht ein kleines Vermögen rum. Und keine Menschenseele paßt auf. Nicht auszudenken, was allein aus den nächstgelegenen zwei oder drei Räumen gestohlen werden könnte. Jede Menge Silber. Und ein echter Boucher. Ein Mädchen mit einem rosigen prallen Popo. Ich selber war schon versucht, es mitzunehmen.«

»Junger Mann, wenn ich Sie richtig verstanden habe, tragen Sie sich mit dem Gedanken, binnen kurzem in den Stand der Ehe zu treten. Sie sollten folglich bestrebt sein, sich verbotene Gedanken dieser Art aus dem Kopf zu schlagen.«

Das klang so ernst und feierlich, daß Tibby einen Moment lang ganz verstört, vielleicht sogar gekränkt war. Aber dann begriff er – und seine Stimmung besserte sich sichtlich.

»Hinteransicht auf einem Sofa«, erläuterte er. »Haben Sie Lust, einen Blick zu riskieren, Sir?«

»Ein andermal, vielleicht. Das heißt, falls ich mich weiterhin der Gunst der Familie erfreuen kann.« Appleby betrat die Terrasse. »Verbindet Sie mit Mark Chitfield eigentlich so etwas wie Freundschaft?«

»Ja, doch. Er ist ein netter Kerl. Macht für meinen Geschmack ein bißchen zuviel vom Studium und so weiter her. Aber wir spielen zusammen Squash. Vor allem läßt sich gut mit ihm lästern.«

»Suchen Sie ihn, bitte. Erzählen Sie ihm in groben Zügen, was uns zu unserer gelinden Überraschung in der Bibliothek widerfahren ist, und hören Sie, ob er irgend etwas dazu zu sagen hat.«

»Ich bin rekrutiert, richtig?« Fancrofts Laune wurde immer besser. »Totengräber Blake und der kleine Kesselflicker – so war es doch, oder? Vor meiner Zeit, natürlich. Aber ich probiere es. Und was ist mit dem genialen Detektiv selber?«

»Wenn Sie mich meinen, Mr. Fancroft –«

»Hören Sie auf, mich Mr. Fancroft zu nennen. Das klingt so abweisend.«

»– wenn Sie mich meinen, Tibby, ich beabsichtige, einen weiteren Rundgang zu machen.«

»Machen Sie sich bloß nicht verdächtig, Sir, sonst nimmt man Sie womöglich fest.«

»Wer sollte mich wohl festnehmen?«

»Hm, das ist eine eigenartige Sache, Sir. Obwohl Mr. Chitfield keinerlei Sicherheitsvorkehrungen für das Haus getroffen hat, streichen im Gelände zwei Schnüffler herum. Sie sind schon von weitem zu erkennen. Da fragt man sich natürlich, warum die hier sind. Was gibt es in der Menge schon zu klauen? Allenfalls sind da ein paar pralle Popos, wenn ich diesen Gedanken aufgreifen darf.«

»Vielleicht haben sie ein Auge auf bedeutende Gäste.« Dem Scharfblick Tibby Fancrofts waren also die beiden Beamten in Zivil nicht entgangen, die bei Colonel Pride auf so geheimnisvolle Weise angefordert worden waren. Tibby war alles andere als ein Schwachkopf.

»Treffen wir uns in einer halben Stunde im Festzelt«, sagte Tibby. »Ich mache Sie dann mit Cherrys Mutter bekannt.«

VIII

Beim Verlassen des Hauses sah Appleby zwei weitere Scheichs. Mit Tibby Fancroft (wenn man davon absah, daß er sein Kostüm inzwischen abgelegt hatte) machten das mittlerweile sechs. Die beiden neuesten Entdeckungen traten gemeinsam auf; sie waren allem Anschein nach in ein äußerst wichtiges Gespräch vertieft, so daß sie kaum ihre Umgebung wahrnahmen. Als Appleby jedoch von der Terrasse aus auf sie herabblickte, sahen sie beide gleichzeitig zu ihm hoch. Sein Anblick schien ihnen nicht zu gefallen – obwohl da doch nur ein als Robin Hood verkleideter älterer Gentleman stand. Sie schlugen sogleich – ob zufällig oder nicht – eine andere Richtung ein und bewegten sich auf eine Hausecke zu. Appleby ging die Freitreppe hinunter und wandte sich in die entgegengesetzte Richtung. Er hatte kaum ein Dutzend Schritte zurückgelegt, als zwei weitere Scheichs in sein Blickfeld gerieten – beide zu gleicher Zeit, auch wenn sie verschiedener Wege kamen und eindeutig nicht zueinander gehörten. Appleby entschied im stillen, daß es sich bei ihnen um Pringsche Scheichs handelte – was er instinktiv bei den beiden anderen ausschloß.

Diese Ansammlung von Wüstensöhnen auf englischem Rasen bedurfte dringend einer Erklärung. Warum sollten so viele Gäste für Mr. Chitfields Fest das gleiche Kostüm gewählt haben? Die einfachste Erklärung lag bei Richard Chitfield selbst. Er hatte seinen unbedeutenden Geschäftspartner Mr. Pring überredet, sich so zu verkleiden, und konnte die gleiche Bitte an eine Reihe anderer Leute gerichtet haben. Aber das wäre ein eher lahmer Scherz gewesen; darüber hinaus hatte man Appleby versichert, Mr. Chitfield neige nicht zu Späßen. Hinter alledem steckte etwas Ernstes. Dieses Gefühl hatte Appleby schon seit einer ganzen Weile. Allerdings war er nicht deshalb zu dem Fest gegangen. Er war gekommen, weil er ganz einfach neugierig geworden war: er hatte wissen wollen, warum Cherrys Vater bei dem Kostüm für eine kleine Scharade oder Spielszene so unversöhnlich reagiert hatte. Jetzt zeigte sich, daß sein Instinkt ihn mit einer undurchsichtigen und bestimmt nicht komischen Situation konfrontiert hatte. Er hatte zwei Anhaltspunkte. Zum einen gab es zweifellos einen Zusammenhang zwischen Richard Chitfields Weigerung, den Freund seiner jüngeren Tochter als Scheich kostümiert zu sehen, und dem Überangebot an Pseudoscheichs, die sich über das Gelände verteilt aufhielten. Zum anderen war da die rätselhafte Weisung, die Chief Constable Colonel Pride erhalten hatte.

Dieser letzte Tatbestand sprach gegen eine ganz einfache Erklärung für die Anwesenheit all dieser Scheichs. Echte Scheichs besaßen der landläufigen Meinung nach ausnahmslos sagenhafte Reichtümer. Sie wurden beneidet, und das vielleicht besonders von Männern aus der Geschäftswelt, in der sich Richard Chitfield bewegte. Also hatten sich einige dieser Leute – zufällig und ohne Absprache – an diesem Nachmittag als Scheich verkleidet. Genauso, wie Mrs. Pring sich in die Jungfrau von Orleans verwandelt hatte.

Aber überzeugend war diese Erklärung eben nicht. Das wußte Appleby genau. Auf Drool Court braute sich etwas Schlimmeres als ein Familienkrach zusammen. Es war nicht einmal auszuschließen, daß es zu irgendeiner Form von Gewalttätigkeit kommen würde – und zwar in einem Szenarium, das in seinen Ausmaßen die von Chitfield in einer Ecke seines Anwesens zusammengezimmerten Bretter weit übertraf. Auf einer internationalen Bühne, besser gesagt. Man konnte sich vorstellen, daß sich auf ihr ein Thriller unter dem Titel »Sieben Scheichs« abspielte.

Appleby ging gerade um eine hohe dichte Eibenhecke, als ihm dieser Gedanke kam. Im nächsten Moment blieb er wie angewurzelt stehen – er sah sich einer so großen Ansammlung von Scheichs gegenüber, daß das Stück treffender »Zwanzig

Scheichs« oder »Dreißig Scheichs« hätte heißen müssen. Sie näherten sich ihm in geschlossener Phalanx und gaben dabei Töne von sich, die eindrucksvoll an rituellen islamischen Singsang erinnerten. Erst auf den zweiten Blick erkannte Appleby, daß er keine Scheichs, sondern Druiden vor sich hatte. Scheichs und Druiden können sich, vor allem wenn sie geballt auftreten, zum Verwechseln ähnlich sehen. Hier handelte es sich offenbar um einen örtlichen Verein, der seine Interessen für Bardentum mit astronomischen Vorstellungen verband und der nun auf dem Weg war, seinen Teil zu dem Zirkus beizutragen. Die Druiden schritten gravitätisch heran. Einige trugen Zauberstäbe, andere hatten die Arme erhoben, als riefen sie unsichtbare Planeten an. Sie hatten auch eine Druidin dabei (was bestimmt nicht dem Kanon entsprach und nur als Zugeständnis an die aktuelle Befreiungsbewegung der Frau zu werten war), die mit einer Mistelzweigkette aus Plastik gegürtet war. Der majestätische Charakter der Prozession wurde jedoch ein wenig von einem reichlich würdelosen Nachzügler beeinträchtigt, der mit seinen Gewändern kämpfte, als wäre er eben erst in sie hineingeschlüpft. Die Marschsäule schwenkte in Richtung Theater, aber das Schlußlicht stürzte geradeaus, und erst als er Appleby fast erreicht hatte, merkte dieser, daß der Mann kein verirrter Druide war, sondern ein weiterer Scheich.

Das alles war nicht wenig verwirrend. Aber für Appleby brachte der mit seinen Kleidern kämpfende Zuspätkömmling den ersten Lichtstrahl ins Dunkel des Geheimnisses von Drool Court. Die Druiden waren, ebenso wie Appleby bei seiner Ankunft, durch den Haupteingang in das Anwesen gekommen. Und er erinnerte sich jetzt daran, daß eine der Annehmlichkeiten, die Mr Chitfield vorsorglich für seine Gäste bereithielt, sich in einem kleinen Zelt gleich am Eingang befand. Hier konnten diejenigen, die bis dahin an eine Kostümierung keinen Gedanken verschwendet hatten, für die Kleinigkeit von fünf Pfund ein Kostüm ausleihen. Appleby machte sich auf den Weg zum Kostümverleih.

Der Besucherstrom am Eingang war fast ganz versiegt, und das Zelt war bis auf eine ältliche Frau, wohl eine Garderobiere, die an einem Tisch saß und Kasse machte, leer. Es roch stark nach zertretenem Gras und schwach nach verdunstetem Benzin, was immerhin auf die regelmäßige Reinigung des Kostümbestands hindeutete. Dieser hing zum Teil ordentlich aufgereiht an Kleiderstangen auf der einen Zeltseite, zum Teil türmte er sich auf Klapptischen, als seien die Kleider in aller Eile von ungeduldigen Interessenten ausgemustert worden. Man hatte wie in einem Modegeschäft Umkleidekabinen errichtet, aber auch aus ihnen kam kein Laut. Die Nachfrage schien sich in Grenzen gehalten zu haben.

»Guten Tag«, sagte Appleby in dem Bewußtsein, daß es für jemanden, der schon als Robin Hood verkleidet war, keinen Grund gab, diesen seltsamen Laden zu betreten. »Ich suche überall nach einem Freund, der gerade angekommen sein muß. Ich hatte gehofft, ihn hier zu finden. Aber ich sehe ihn nirgends.«

»In der letzten halben Stunde waren nur drei Kunden da.« Die für den Laden verantwortliche Dame hatte offenbar gegen eine kleine Unterhaltung nichts einzuwenden. »Anfangs war mehr zu tun. Der letzte von den dreien ist vor höchstens zehn Minuten gegangen.«

»Das war bestimmt mein Freund. Darf ich fragen, als was er sich verkleidet hat?«

»Als Beduine. Was mich, ehrlich gesagt, einigermaßen gewundert hat.«

»Gewundert, Madame?« Appleby bekundete höfliches Interesse. »Sie haben wohl nicht erwartet, daß Beduinen so beliebt sind? Oder Scheichs oder sonstwas in der Art?«

»Sagen Sie das nicht. Ich hatte drei Beduinenkostüme dabei. Aber keiner hat danach gefragt. Bis auf einmal gleich drei Herren als Scheich gehen wollten.«

»Tatsächlich? Kamen sie zusammen?«

»Nein, das ist ja das Komische. Sie sind in Abständen von etwa zehn Minuten gekommen, und es sah nicht so aus, als hätte der eine was mit dem anderen zu tun. Aber ich habe schon oft beobachtet, wie irgendwas plötzlich Anklang findet. Eine Dame sieht eine andere Dame als Madame Pompadour zum Beispiel oder Mrs. Siddons oder die schöne Helena und meint auf einmal, daß sie in dem Kostüm eine viel bessere Figur machen würde als in ihrem eigenen.«

»Das ist nur natürlich«, sagte Appleby. »Die Eitelkeit, wie sie leibt und lebt. Sie wissen das wohl am besten.«

»Ganz richtig. Und das gilt für Männer wie für Frauen. Nur verstehe ich nicht, was plötzlich an Beduinen so attraktiv ist.«

»In der Tat eine berechtigte Frage. Vielleicht liegt es am warmen Wetter. Mit Sicherheit ist es eine kluge Wahl, wenn ein Sandsturm tobt.« In der Meinung, daß alles Wissenswerte gesagt war, verabschiedete sich Appleby und ging zurück ins Freie. Auf seinem Weg zum Haus beschäftigten ihn einfache Rechenexempel. Klammere zunächst Tibby Fancroft als Scheich aus, da er bereits das Feld geräumt hat. Dann teile die restlichen Scheichs auf. Nimm an, es gibt einen echten Scheich (obwohl gar kein echter oder mehrere echte ebenso denkbar sind) und drei Männer, die sich in letzter Minute entscheiden, als Scheich zu gehen. Womit die sogenannte Pring-Gruppe übrigbleibt: Festteilnehmer, die schon als Wüstensöhne gekommen sind – ob auf dringendes Ersuchen des Gastgebers, muß zunächst offenbleiben. Ihre Zahl veranschlagte Appleby auf mindestens vier. Der erste war jener rundliche watschelnde Scheich gewesen, den er später nicht mehr gesehen hatte. Außerdem natürlich Pring selbst. Und jene zwei Scheichs, die zwar gleichzeitig aufgetaucht waren, aber offenbar nichts miteinander zu tun gehabt hatten.

Diese Scheichzählung war nicht sonderlich ergiebig, ließ aber wenigstens den Schluß zu, daß bei dem Fest, das nicht so recht in Gang kommen wollte, einiges komplizierter war, als man zunächst annahm. Das närrische Treiben hatte sich übrigens von der direkten Umgebung des Hauses weg verlagert, was vermuten ließ, daß nun die Theatervorstellungen starten sollten. Hierher würde Mr. Chitfield wahrscheinlich zurückeilen, sobald jene seltsame Konferenz in seiner Bibliothek beendet wäre. Appleby hatte das Gefühl, daß es höchste Zeit sei, die Bekanntschaft dieses rätselhaften Menschen zu machen. Er war im Begriff, zum Theater aufzubrechen, um sich ganz formlos seinem Gastgeber vorzustellen, als er sich daran erinnerte, daß es im Augenblick eher an der Zeit war, bei der Frau des Hauses seine Aufwartung zu machen. Also begab er sich zum Festzelt.

Er wußte von Mrs. Chitfield noch weniger als von ihrem Ehemann. Auf der einen Seite hatte sie offenbar einen ausgeprägten praktischen Sinn dafür, daß es bei einem Fest wie diesem wichtig war, für eine reibungslose Bewirtung zu sorgen, was zur Folge hatte, daß sie sich weniger um die dramatischen Darbietungen, die es ohnehin überall in Hülle und Fülle gab, kümmerte als um die Belange im Festzelt. Auf der anderen Seite hatte Cherry ihrer Mutter das eher bescheidene Lob gespendet, ab und zu eine vernünftige Person zu sein, und Tibby Fancroft, ihr hoffnungsvoller zukünftiger Schwiegersohn, hatte ihr eine romantische Ader bescheinigt. Hierbei nun handelte es sich, wie Appleby altmodisch vermerkte, um eine unklare Ausdrucksweise, die auf die sprachliche Verarmung bei der jungen Generation hinwies: ein trauriges kulturelles Phänomen, dem Professor McIlwraith sich mit mehr Gewinn hätte widmen können als seiner Phonemanalyse. Tibby hatte vermutlich bloß gemeint, daß Mrs. Chitfield mit mütterlicher Nachsicht auf den jungen Liebestraum blickte und in Tibby einen annehmbaren Anwärter auf ihre jüngere Tochter sah, obwohl seine finanziellen Verhältnisse eher bescheiden wirkten.

IX

Tibby Fancroft hatte zwar das Kleid der Wüstensöhne abgelegt, andererseits aber auch darauf verzichtet, sich in einen mittelalterlichen Ritter zu verwandeln. Schließlich würde sich niemand gerne länger als nötig wie eine Sardine in Blech einzwängen lassen, wie Cherry es ausgedrückt hatte. Möglicherweise war diese historische Episode auch taktvoll aus dem Nachmittagsprogramm genommen worden, nachdem sie unerwartet zum Anlaß eines heftigen Familienzwistes geworden war. Wie dem auch sein mochte, Tibbys Freizeitkleidung war entschieden erfreulicher anzusehen – und sicher auch entschieden bequemer – als die vielen aufwendigen Kostüme der Gäste, an die er Getränke ausschenkte. (Zu Applebys Erleichterung befanden sich unter ihnen keine weiteren Scheichs – und auch keine Druiden.)

»Oh, da sind Sie ja!« rief Tibby fröhlich. »Ich habe Mrs. C. von Ihnen erzählt, und sie platzt schon vor Neugier. Sie erwartet von Ihnen, daß Sie ihr stundenlang von berühmten Fällen Scotland Yards und so weiter erzählen. Ich habe ihr gesagt, daß Sie es waren, der Dr. Crippen geschnappt hat, aber von Jack the Ripper reingelegt worden seien. Das stimmt doch, oder? Mrs. C., das ist Sir John Appleby. Wenn Sie ihn ordentlich beschwatzen, hat er ein Auge auf den Boucher und das Familiensilber. Besonders auf den Boucher.«

Nachdem ihm diese freche – aber nicht verletzende – Bemerkung herausgerutscht war, verschwand er in der Menge.

»Ich freue mich, Sie kennenzulernen, Sir John«, sagte Mrs. Chitfield. Im Gegensatz zu ihrem Ehemann hatte sie sich verkleidet – wobei nicht so schnell zu erkennen war, als was. Appleby fragte sich mit gutem Grund, ob sie als Kleopatra ging, diese Schlange vom alten Nil, denn sie hatte eine ungewöhnlich lange ausgestopfte Schlange um sich herumgewickelt. Vielleicht war sie ja, wie Rupert und Cynthia Plenderleith (das Ehepaar Zettel und Titania), eine glühende Shakespeare-Verehrerin. »Auf das, was dieser Tibby von sich gibt, dürfen Sie gar nicht hören«, fuhr sie fort. »Er kommt von der Uni, wissen Sie, und Studenten sind nun mal so.«

»Ich weiß Bescheid. Und Ihr Sohn Mark, den kennenzulernen ich bereits das Vergnügen hatte, kommt natürlich auch von der Uni.« Mrs. Chitfield, folgerte Appleby augenblicklich, war von Mr. Chitfield in einem frühen, bescheidenen Stadium seiner gesellschaftlichen Karriere erworben worden. »Wenn ich recht verstehe, war Mark Schüler meines neuen Nachbarn, Professor McIlwraith. Und wie ich heraushören konnte, studiert Ihre ältere Tochter ebenfalls.«

»So ist es.« Mrs. Chitfield war sichtlich dankbar dafür, daß Scotland Yard von diesem Tatbestand Kenntnis genommen hatte. »Patience war im Lady Margaret Hall College in Oxford. Anfangs fand ich das sehr verwirrend. Niemand mit Namen Lady Margaret Hall hat dort jemals eine Rolle gespielt, will ich damit sagen.«

»Es handelt sich dabei gewiß um ein Mißverständnis. Darf ich Ihnen übrigens zu Ihrem ausgesprochen kleidsamen Kostüm gratulieren? Ich schätze, Sie haben sich die Rolle der –«

»– der Sibylle von Cumae ausgesucht«, fiel Mrs. Chitfield ihm strahlend (und gerade noch rechtzeitig) ins Wort. »Sie machte Weissagungen, Sir John. Und Weissagungen haben mich schon immer sehr interessiert. Sie lassen uns am Kosmos teilhaben – was mir so wichtig scheint, Ihnen nicht auch? Das ist der Grund, warum ich die Basingstokeschen Druiden eingeladen habe.«

»Die Basingstokeschen Druiden?« wiederholte Appleby verblüfft.

»Ja, die Basingstokeschen. Sie haben bestimmt schon von ihnen gehört.«

»Nun – nein, nicht daß ich wüßte. Zumal man kaum Druiden mit diesem Fleckchen Erde in Verbindung bringen würde.«

»Ich kenne sie auch erst seit kurzem. Aber als ich sie zum Fest einlud, waren sie entzückt. Sie sind viel zahlreicher gekommen, als ich erwartet hatte.«

»Das kann ich mir vorstellen, Mrs. Chitfield. Ich beobachtete ihre Ankunft. Der Einzug erinnerte auffallend an eine Prozession.«

»Druiden sind sehr prozessionsfreudig, Sir John. So ist das nun mal mit ihnen. Und in etwa einer halben Stunde zelebrieren sie drüben im Theater meines Mannes das Mysterium der Goldenen Morgenröte.«

»Das hört sich höchst eindrucksvoll an.« An irgend etwas fühlte er sich erinnert. »Aber bedauerlicherweise habe ich auch davon noch nie etwas gehört.«

»Bestimmt eine Spezialität von ihnen.«

»Bestimmt.« Appleby ließ sich von einer Kellnerin im Vorbeigehen eine Tasse Tee reichen und trat ein paar Schritte zurück, um die cumaeische Sibylle genauer zu betrachten. Er überlegte, wer wohl Mrs. Chitfield von dieser berühmten mythologischen Figur erzählt haben mochte. Es schien unwahrscheinlich, daß die Herrin von Drool Court mit Vergil und anderen kulturhistorischen Größen vertraut war. Er überlegte auch, wie diese unbedarfte Dame zu drei aufgeweckten Kindern und einem Ehemann gekommen sein mochte, der zumindest in geschäftlichen Belangen einigen Verstand bewiesen hatte.

»Und später, zum Ende des Festes hin, findet eine Perlustration statt. Ich hoffe, Sie gehen nicht schon vorher. Es nennt sich ›Perlustration des Hauses‹. Mir ist zwar nicht ganz klar, was das heißt. Aber es ist mit Sicherheit sehr erhebend. Wissen Sie zufällig, was es bedeuten soll?«

»Ich schätze, einfach eine weitere Prozession, wahrscheinlich durch ein Gebäude, wobei sie sehr sorgfältig alles abgehen.«

»Das wird es sein. Und mit Weihwedeln. Die Weihwedel sind übrigens ein Extraposten, glaube ich. Aber ich scheue keine Kosten – nicht, wenn sie dazu beitragen, die Verbindung mit dem Höheren Unsichtbaren herzustellen. Nur weiß ich einfach nicht, was sie eigentlich machen wollen.«

»Sie werden wahrscheinlich mit kleinen Mops Wasser versprühen, während sie das Haus begehen.«

»Ach so.« Verständlicherweise empfing die Herrin von Drool Court diese Nachricht mit einigem Mißfallen.

»Aber nur ein paar Spritzer«, beeilte Appleby sich, zu versichern. »Nicht so viel, daß die Vorhänge und die Möbelbezüge verdorben werden. Aber ich muß schon sagen, diese Basingstokeschen Druiden erwecken den Anschein einer ziemlich eklektischen Schar.«

»Natürlich sind sie exzentrisch!« Mrs. Chitfield hörte sich ein bißchen gekränkt an; mit Fremdwörtern nahm sie's offensichtlich nicht so genau. »Und ich hatte einfach das Gefühl, daß wir das Fest in einem ernsteren Ton ausklingen lassen sollten. Mark hält das für ziemlich albern – und ich möchte nicht, daß das die allgemeine Meinung ist, so wie die Verhältnisse hier auf Drool Court nun einmal sind. Ich hatte auch an Meditation gedacht, kurz bevor die Gäste aufbrechen. Aber Cherry behauptet, die Leute wären nicht in Stimmung dafür – nicht als Teddybären oder wenn sie sich Zettel nennen, wie einer von Richards Geschäftspartnern es tut. Ich finde diese Bezeichnung irgendwie peinlich.«

»Sind viele Geschäftspartner und Kollegen Ihres Mannes hier?« Appleby fand, daß er genug über die Basingstokeschen Druiden geredet hatte, und sah die Gelegenheit zu vorsichtigen Erkundungen in anderer Richtung gekommen. »Ich schätze, seine Geschäftsverbindungen erstrecken sich nahezu über die ganze Welt.«

»Da haben Sie ganz recht.« Mrs. Chitfield bestätigte das mit gebührendem Stolz. »Lange Zeit war es Zucker, wissen Sie. Richard dachte, er könnte allen aufkaufen.«

»Den gesamten Zucker der Welt?«

»Sagte er, ja. Allerdings habe ich keine Ahnung, wo er ihn lagern wollte. Der Zucker hat uns ein paar schöne Reisen beschert – zu den Schwarzen, natürlich, aber nur dahin, wo es mindestens ein Fünf-Sterne-Hotel gab. Doch dann brach das Zuckergeschäft zusammen.«

»Löste sich auf, sozusagen?«

»Den Witz hat Mark auch schon gemacht, Sir John.« Mrs. Chitfield sagte das ohne erkennbare Absicht, ihn milde tadeln zu wollen, aber Appleby schämte sich trotzdem. »Also stieg Richard ins Öl ein. Er hat zwar behauptet, er könne nie mehr als ein kleiner Fisch in Öl werden, aber natürlich hat er, wie es nicht anders bei ihm zu erwarten war, auch in Öl wieder rasch Erfolg gehabt. Das war zu der Zeit, als wir Drool Court kauften.«

»Alles lief also wie geschmiert. Und ist es immer noch das Öl?« fragte Appleby. Er merkte, daß ihre Unterhaltung unversehens den Charakter eines ungebührlichen Verhörs anzunehmen begann. Aber die Zahl der Gäste im Zelt nahm immer mehr ab, und Mrs. Chitfield schien gern bereit zu sein, mit der Familienchronik fortzufahren.

»Ich glaube, daß Öl das Hauptgeschäft ist«, sagte sie. »Aber natürlich gibt es noch anderes. ›Beteiligungen‹ nennt Richard das. Durch das Öl sind wir übrigens auch ganz schön herumgekommen. Aber mehr in die entgegengesetzte Richtung. Es gibt am Persischen Golf ein paar tadellose Hotels. In der letzten Zeit sind wir allerdings nicht mehr dort gewesen – wegen der Revolutionen und so.«

»Aber sicher haben Sie häufig Geschäftsbesuch aus diesem Teil der Welt. Heute nachmittag wimmelt es hier ja förmlich von Arabern. Natürlich sind das alles als Araber verkleidete Festteilnehmer, und das ist etwas anderes. Oder jedenfalls fast alle.« Appleby machte eine Pause, aber ohne Erfolg. Mrs. Chitfield blickte nur ziellos umher.

»Nein«, sagte sie, »hier im Haus haben wir selten Geschäftsbesuch aus dem Ausland. Richard und seine Partner haben nämlich ein Gästehaus irgendwo auf dem Land – größer als Drool, glaube ich –, wo die ausländischen Gäste untergebracht werden. Wir fahren da nie hin, die Kinder und ich. Es ist nicht gerade ein heimeliges Plätzchen.«

»Verstehe. Ich schätze, Ihr Mann legt Wert darauf, sein Heim ausschließlich der Familie vorzubehalten – mit Ausnahme von Anlässen wie dem heutigen. Und er behelligt Sie vermutlich nicht mit seinen geschäftlichen Angelegenheiten.«

»Nein, und die Kinder auch nicht. Man könnte erwarten, er redet mit Mark darüber, weil Mark so gescheit ist. Aber ich glaube nicht, daß er es tut. Cherry ist sein Liebling, wissen Sie, und ab und zu redet er mit ihr über seine geschäftlichen Probleme. Mir kam sie oft schon ziemlich besorgt vor wegen irgendwelcher Dinge, die er ihr anvertraut hat. Ist das nicht komisch?«

Appleby fand, es lohne zumindest im Gedächtnis gespeichert zu werden. Er fand außerdem, daß aus Mrs. Chitfield nicht viel mehr herauszuholen war, da sie offensichtlich dazu neigte, sich über geschäftliche Dinge nur sehr unklar zu äußern. Es war durchaus vorstellbar zum Beispiel, daß sie nichts von der Krisensitzung wußte (oder was es sonst gewesen sein mochte), derentwegen sich vor einer Stunde eine so bizarre Gesellschaft in der Bibliothek versammelt hatte.

»Ich darf Ihre Zeit nicht länger in Anspruch nehmen«, sagte er. »Überdies sollte ich mich auf den Weg zum Mysterium der Goldenen Morgenröte machen.«

»Ich muß hier noch ein paar Anweisungen geben, Sir John, dann komme ich nach. Sie werden Richard jetzt im Theater finden, obwohl die Leute aus Basingstoke nicht nach seinem Geschmack sind. Er wird sich freuen, Ihre Bekanntschaft zu machen, da bin ich sicher.«

Appleby war sich dessen überhaupt nicht sicher, aber er murmelte eine passende Antwort, ehe er ging. Er wollte Chitfield auf alle Fälle treffen. Und anschließend schien ihm ein neuerliches Gespräch mit Colonel Pride angebracht.

X

Aber zunächst ergab sich ein Zusammentreffen mit den Birch-Blackies (das Unvermeidliche war eingetreten). Jane Birch-Blackie hatte sich als Stallmagd der schmucken Sorte herausgeputzt, wie sie auf den Bildern von George Morland zu sehen sind. Ihr Gatte hatte es sich in den Kopf gesetzt, seinen schwarzen Jagdrock und Cordbreeches anzuziehen, was weder zum Anlaß noch zur Jahreszeit paßte, wie jeder einigermaßen informierte Mensch sofort bemerkte, falls er überhaupt darüber nachdachte. Ihr Sohn William Birch-Blackie, der in Kürze einen 217 Tage dauernden Belagerungszustand in einem obskuren Nest in Betschuanaland durchzustehen haben würde, bildete die grollende Nachhut. Er betrachtete sich eindeutig als zwangsverpflichtet für die unangenehme Aufgabe, sich um die Wähler seines Vaters zu bemühen, und wäre viel lieber irgendwo auf Hasenjagd gegangen.

»Hallo, John, mein Guter!« rief Ambrose Birch-Blackie betont herzlich. »In des Waldes düstern Gründen, was? Tommy Pride auch. Zwei Seelen und ein Gedanke. Dabei hatte ich mit keinem von euch beiden auf dieser Veranstaltung gerechnet. Wo ist Judith?«

»Zu Hause. Ich wurde von einer der Chitfieldschen Töchter herzitiert. Warum Tommy hier ist, weiß ich nicht.«

»Tommy ist ein echter Bogenschütze, John«, sagte Mrs. Birch-Blackie mit einem Blick auf Applebys unbrauchbaren Langbogen. »Ich schätze, er möchte gern eine Kokosnuß gewinnen.«

»Man gewinnt beim Bogenschießen keine Kokosnüsse«, meldete sich William Birch-Blackie aus dem Hintergrund in dem Ton, dessen maulige Kinder sich bedienen, wenn sie glauben, die albernen Vorstellungen ihrer Eltern zurechtrükken zu müssen. »Kokosnüsse gibt es auf Jahrmärkten und nicht auf Festen wie diesem hier. Auf den Jahrmärkten ist wenigstens noch was los.«

»Ein Tag wie gemalt für diese Veranstaltung«, sagte Ambrose Birch-Blackie, ohne diese Bekundung jugendlichen Mißvergnügens zu beachten. »Ich habe Chitfield noch nicht zu Gesicht bekommen, sonst hätte ich ihm schon gratuliert.

Mordsaufwand, das hier, und natürlich für irgendwas Wohltätiges. Diesmal sind es die Pensionierten Gärtner, glaube ich.«

»Die Pensionierten Gärtner sind Freitag bei den Brothertons«, korrigierte Mrs. Birch-Blackie ihren Mann. »Das hier ist für den Verarmten Geldadel. Aber Ambrose findet, wir müssen auch zu den Pensionierten Gärtnern gehen. Ich muß sagen, wir arbeiten außergewöhnlich hart.«

»Wie zu ihrer Zeit die Gärtner, ohne Frage«, ergänzte Appleby mit dem nötigen Ernst. »Ich kenne Richard Chitfield noch nicht, hatte aber gerade beschlossen, mich selbst vorzustellen. Kennst du ihn gut, Ambrose?«

»Eher flüchtig. Wir sagen uns guten Tag und so was in der Art. Nette schlichte Frau, gar nicht überkandidelt.«

»Nett und schlicht, gewiß.« Soweit wollte Appleby zustimmen. »Von den drei Kindern konnte ich mir bereits ein besseres Bild machen.«

»Reizende Kinder«, kommentierte Jane Birch-Blackie automatisch.

»Das wäre mir neu«, sagte ihr Ehemann leicht erstaunt. »Sie reden bei jeder passenden und unpassenden Gelegenheit mit. Aber Chitfield ist auf seine Weise ein anständiger Bursche. Läßt schon mal was für die Partei springen.«

»Was er sich vermutlich leisten kann.« Vielleicht würde sich das Zusammentreffen für Appleby doch noch als nützlich erweisen. »Er macht sein Geld mit Öl, wie ich höre. Bist du auch im Ölgeschäft, Ambrose?«

»Daß ich nicht lache«, sagte William Birch-Blackie erzürnt an seines Vaters Stelle. Ihm war erst kürzlich die Beförderung vom Pony auf ein Jagdpferd verweigert worden, und das betrachtete er als extremes Beispiel von *res angusta domi*.

»Halt den Mund, William. Geh und sieh mal nach, wie weit der Heißluftballon gediehen ist.«

»Pah, viel Wind um nichts!« William war offenbar entschlossen, sich seine schlechte Laune nicht nehmen zu lassen. »Erst vorigen Monat haben zwei Männer den Atlantik in einem Ballon überquert und sind in Frankreich gelandet. Ich verstehe nicht, warum man einen Typ begaffen soll, der von Drool himmelwärts fährt und wahrscheinlich irgendwo in

Drool Forest – boing – runterkommt. Da ist mir eine Cola lieber.«

»Dann geh und hol dir eine. Die muß es hier literweise geben.« Williams Vater schwieg einen Moment und verfolgte den Abgang seines Sohnes. »Ein bißchen Lampenfieber«, sagte er, als sei er sich wohl bewußt, daß das Betragen des Jungen nicht gerade einem Musterbeispiel englischer Schulerziehung entsprach. »William wird sich mächtig ins Zeug legen, wenn der Vorhang hochgeht. Wartet nur ab. Aber sagtest du Öl, John? Du machst wohl Witze, alter Junge? Halber Sold, drei Morgen Land und eine Kuh, das bin ich.« Die Birch-Blackies waren ziemlich vermögende Großgrundbesitzer. »Aber mein Bruder kennt sich in der City bestens aus. Weiß eine Menge über Chitfield. Sein Unternehmen scheint gegenwärtig in einer Krise zu stecken.«

»In einer Krise?« Sein Wunsch sollte wohl noch bis zu einem gewissen Grade in Erfüllung gehen. »Einer Ölkrise etwa?«

»Hat mein Bruder wohl gemeint – und er weiß, wovon er spricht. War häufig im Nahen Osten unterwegs. Nicht meine Gegend, übrigens. Das Rote Meer ist unangenehm genug. Warst du je in Aden? Jane und ich haben da mal eine Rundfahrt im Taxi gemacht. In den guten alten Zeiten, auf der Heimreise von Indien. Die P&O Steamship Company hat da, glaube ich, Kohle gebunkert. Die reinste Müllhalde – dafür heute sicher nur noch Wolkenkratzer und Rolls-Royce. Ich habe nie einen der kleinen Golfstaaten besucht und habe es auch nicht vor, jetzt wo die Marxisten wie verrückt eine Regierung nach der anderen übernehmen.« Ambrose Birch-Blackie schüttelte sorgenvoll den Kopf – ganz das Abbild des mit schwerer Verantwortung beladenen Gesetzgebers. »Politisch absolut unsichere Staaten, außerdem lauter Orte mit völlig verdrehten Namen und massenhaft unausrottbarer Korruption. Daher kommt auch der Ärger für Chitfield. Jeder will am Ölhahn drehen. Ein paar von den Kerlen, die London aufgekauft haben und ein schönes Stück England dazu, schickt man ganz gern in die Wüste. Es ist ein ständiges Kommen und Gehen. Ganz unauffällig.«

»Also ein schleichendes Scheichsterben?« fragte Appleby,

der sich diese bruchstückhaften Informationen interessiert angehört hatte.

»Werden von Killern verfolgt, ein paar von ihnen praktisch bis vor unsere Haustür. Und mit Bomben beworfen, während sie in der Bond Street einkaufen. Schockierende Zustände.«

»Ist es nicht seltsam, daß so viele Gäste hier als Emire und Araber verkleidet sind«, meinte Jane Birch-Blackie. »Das ist doch schon fast riskant, oder?«

»Den Leuten mangelt es offenbar an Phantasie«, sagte Appleby. Dieser ungewöhnliche Intelligenzbeweis von Jane verblüffte ihn. Doch mittlerweile schien es ihm wünschenswert aufzubrechen, und er suchte nach ein paar passenden Abschiedsworten. »Wir sehen uns später im Theater. William wird es uns und den Buren schon zeigen, davon bin ich überzeugt.«

»Er hat eine erstklassige Streitmacht zur Verfügung.« Ambrose Birch-Blackie freute sich über Applebys Bemerkung. »Hatte deswegen doch tatsächlich ein bißchen Ärger. Mußte den neuen Kommandierenden in Sleep's Hill zur Mithilfe überreden. Hat uns aber großzügig ausgeholfen mit Ausrüstung und dem ganzen Zeug. Leicht anachronistisch vielleicht. Wenigstens sehen die Kinder nicht wie Pfadfinder aus. Wetten, daß du sie für eine Wachmannschaft hältst?«

»Sehr gut«, sagte Appleby. »Ein glänzender Einfall. Bis später.«

So wie es jetzt aussah, war es doch erforderlich, sich mehr mit Richard Chitfield auseinanderzusetzen, als Appleby zunächst vermutet hatte. Chitfield war, direkt oder indirekt, in irgendeine undurchsichtige Angelegenheit verwickelt, die eindeutig bedenklichen Charakter annahm und über die er sich erst einmal klarwerden sollte, ehe er sich mit ihm persönlich befaßte. Das war um so mehr der Fall, als ein pensionierter Polizeichef nicht einfach auf Drool Court in verdächtiger – oder wenigstens verdächtigender – Weise herumschnüffeln durfte. Und Chitfield konnte noch gut eine weitere Viertelstunde warten. In Anbetracht dieser Sachlage benötigte Appleby vornehmlich Abgeschiedenheit; er schlug eine andere Richtung ein, ging durch einen streng symmetrisch angelegten Garten, der stilistisch betrachtet nicht zur Architektur des Hauses paßte, schlenderte durch ein Tor in den angrenzenden Park und machte es sich dort in aller Ruhe auf einer einsamen Bank unter einer riesigen Eiche bequem. Er hörte von fern die Klänge der Militärkapelle auf der Terrasse und von noch ferner einen jaulenden Singsang, der von den Basingstokeschen Druiden herrühren mochte, die sich offenbar auf den akustischen Teil des Mysteriums der Goldenen Morgenröte vorbereiteten. Er lauschte ihrem Heulen eine Weile, und plötzlich wußte er, warum ihm irgend etwas an dem Titel der Darbietung vertraut vorgekommen war. Gegen Ende des 19. Jahrhunderts hatte eine okkulte Vereinigung sich als Orden der Goldenen Morgenröte in England ausgebreitet und einige zeitgenössische Dichterlinge für sich interessieren können. Allerdings konnte er sich nicht erinnern, daß irgend etwas von den Druiden in den Orden eingebracht worden wäre. Die Basingstokeschen Druiden hatten wohl einfach gefunden, daß sich der Titel hübsch anhöre. Sie waren offensichtlich ein verrücktes Völkchen.

Aber das war jetzt nebensächlich – das gegenwärtige Problem betraf Scheichs und nicht Druiden. Wo also hatte die Sache mit den Scheichs begonnen?

Chronologisch betrachtet hatte es mit Tibby Fancroft angefangen, dem verboten worden war, als liebender Wüstensohn zu gehen. Es gab keinen direkten Beweis dafür, daß Tibby sich darüber sonderlich aufgeregt hätte, anders als Cherry, die sich sehr wohl, und zwar gehörig, aufgeregt hatte. Der Anlaß für ihren Ärger war absolut lächerlich gewesen – aber hatte sie, ganz unabhängig von dieser Geschichte, insgeheim einen anderen Grund zur Beunruhigung? Offenbar hatte ihr Vater die Gewohnheit, sie dann und wann wenigstens teilweise in seine geschäftlichen Angelegenheiten einzuweihen, und fast schien es, als habe sie Gefahr oder zumindest Heimlichkeiten hinter dem Verbot gewittert, das absolut despotisch über ihren Freund verhängt worden war. Es war schwer, irgendeine andere Erklärung für ihren plötzlichen Wunsch – der zweifelsohne kindisch war – zu finden, aus Anlaß des Festes einen bedeutenden Polizisten auf Drool Court zu haben.

Es war gefährlich, als Scheich verkleidet umherzugehen. Das hatte Appleby schon längst begriffen, jetzt aber konnte er diese Erkenntnis in einen größeren Zusammenhang bringen. Es bestand kein Zweifel daran, wie Birch-Blackie ganz richtig gesagt hatte, daß Besucher (oder Abgesandte) aus dem Nahen Osten gelegentlich das Risiko mitbrachten, ermordet zu werden. Sie waren verwundbarer, weil sie in England schlechter bewacht waren als im eigenen Land. Das wiederum konnte eine Gelegenheit für miteinander verfeindete Staaten sein, sich gegenseitig auf englischem Rasen an die Kehle zu gehen. Und es war natürlich genau dieser Hintergrund, der eine behutsame diplomatische Handhabung erforderte, die ihrerseits dann zu scheinbar absurden Instruktionen wie jenen an Tommy Pride und seine zwei Leute führte.

Es gab mindestens einen echten Scheich auf Drool. Auch das wußte Appleby längst. Aus irgendeinem Grund hatte er nicht einen Augenblick daran gezweifelt, daß sein zweiter Scheich sowohl echt als auch hochrangig gewesen war. Er konnte sich jederzeit die imponierende Gestalt mit den Zügen eines Adlers ins Gedächtnis zurückrufen. Hinzu kam, daß dies der Scheich war, den er flüchtig bei der vertraulichen Plauderei in Chitfields Bibliothek in der Gesellschaft von einem halben Dutzend grotesk verkleideter Personen gesehen hatte. Das allein hob den hoheitsvollen Scheich klar von allen anderen ab.

Verkleidung. Verkleidung in der Verkleidung. War nicht beabsichtigt worden, den echten Scheich als verkleideten Festteilnehmer auszugeben? Alle anderen Scheichs waren in Wahrheit Nichtscheichs, die vorgaben, echte Scheichs zu sein – ob sie dies in der untadeligen Absicht taten, zum Fest kostümiert zu erscheinen, oder aus weniger lauteren Gründen, blieb noch zu entscheiden. Aber befand der echte Scheich sich nicht in einer viel verwickelteren Situation? Täuschte er nicht vor, mit allen anderen in einem Boot zu sitzen und nur so aus Spaß eine fiktive Identität angenommen zu haben? Mit anderen Worten: er war auf dem Fest wie ein ganz normaler Engländer erschienen, der sich zufällig als Araber verkleidet hatte. Und damit hatte er sich auf geradezu geniale Weise unsichtbar gemacht.

Appleby überdachte diese Möglichkeit mit einiger Skepsis. Er kam der Sache schon sehr nahe, hatte aber noch nicht ins Schwarze getroffen. Das ausgeklügelte Manöver, das er gerade durchgespielt hatte, war entworfen worden, um jede Verkleidung des echten Scheichs überflüssig zu machen. So betrachtet, wurde einiges klar: Der Scheich war tatsächlich eine hochrangige Persönlichkeit, vielleicht sogar ein gekrönter Herrscher. Er war ein stolzer und mutiger Mann, der nicht eine dieser Eigenschaften preisgab, bloß weil er darüber hinaus ein gefährdeter Mann war. Er dachte nicht im Traum daran, sich in westliche Kleider zu zwängen, um die Aufmerksamkeit seiner Feinde während politischer oder wirtschaftlicher Verhandlungen von sich abzulenken. Was blieb unter solchen Bedingungen zu tun? Die Antwort lautete: Für eine Zusammenkunft mit ihm die Möglichkeiten der lange zuvor anberaumten Maskerade auf Drool Court zu nutzen.

Während er sich unter der majestätischen Eiche ausruhte (auf eine Robin Hood durchaus angemessene Weise), überprüfte Appleby Glied um Glied dieser merkwürdigen Gedankenkette. Vielleicht brauchte man gar nicht von etwas so Sensationellem wie der Gefahr eines terroristischen Mordanschlags auszugehen. Vielleicht handelte es sich ganz einfach um strenge Geheimhaltung, um den Ausschluß der Öffentlichkeit, was im Bereich der Hochfinanz von wesentlicher Bedeutung war. Lag hier nicht auch die logische Erklärung dafür, daß alle Beteiligten bis auf Chitfield selbst bei der Zusammenkunft maskiert waren? Im kritischen Stadium weitreichender Verhandlungen mochten die konferierenden Parteien sehr wohl vorübergehend darauf bedacht sein, eine eindeutige Identifikation zu vermeiden. Wenn Chitfield wirklich in Schwierigkeiten steckte (wie Birch-Blackie gemutmaßt hatte) und wenn der echte Scheich tatsächlich ein Herrscher war, von dem man wußte, daß seine Stellung im eigenen Land gefährdet war, mochte es gute Gründe geben, warum die Verhandlungspartner es bevorzugten, unerkannt zu bleiben, während sie vorsichtig abschätzten, ob sie miteinander ins Geschäft kommen sollten.

Aber was war mit den übrigen Scheichs? Oder genauer,

was war mit den zwei verschiedenen Kategorien von weiteren Scheichs?

Richard Chitfield schien die nebulöse Vorstellung zu hegen, daß die Menge es bringen mußte – wenigstens was die Sicherheit für seinen hochgeschätzten echten Scheich betraf. Folglich hatte er dafür gesorgt, daß auf dem Fest weitere Scheichs anwesend waren. Für diese These sprach beispielsweise die Pring-Gruppe. Chitfield befürchtete offenbar (ob zu Recht oder nicht), daß die möglichen Attentäter ausgesprochen schießfreudig sein könnten und zudem bereit, den erstbesten, der ihnen einigermaßen passend gekleidet entgegenkäme, für denjenigen zu halten, dessen sie sich auftragsgemäß annehmen sollten. Aus dieser Sicht waren alle diese Leute ernsthaft gefährdet. Und das war auch der Grund, warum Chitfield dafür gesorgt hatte, daß Tibby Fancroft, sein potentieller Schwiegersohn, nicht zu ihnen zählte. Ein paar Prings waren etwas anderes. Wenn Richard Chitfields Hirn so funktioniert hatte, entspräche er genau den landläufigen Vorstellungen von einem Großkapitalisten seines Zuschnitts.

Fehlte nur noch die andere Kategorie von Pseudoscheichs: die drei Männer (ursprünglich vermutlich in Straßenkleidung), die sich in aller Hast für den Preis von fünf Pfund pro Nase in ein Trio von Wüstensöhnen verwandelt hatten. Im Augenblick, das mußte Appleby sich eingestehen, war die Rolle dieser Personen noch völlig unklar. Sie konnten zum Beispiel sehr wohl eine Verstärkung für eine der beiden Seiten sein. Aber am einfachsten war es, sie als Feinde innerhalb der Tore von Drool anzusehen, und es bestand eine gute Chance, daß Richard Chitfields ausgeklügeltes Manöver sich am Ende als Fehlschlag erweisen würde, wie es bis dahin schon viele ausgeklügelte Manöver getan hatten. Die Feinde des allmächtigen echten Scheichs waren zur Stelle.

XI

Applebys Gedankengang, wie er hier kurz zusammengefaßt wurde, hätte eine weniger geschulte Person uneingeschränkt begeistern müssen. Denn oberflächlich betrachtet fügten sich die Vorkommnisse auf Drool in dem von ihm skizzierten Bild nahtlos zusammen. Aber das Ganze blieb trotzdem eine Hypothese, und jetzt galt es, Mittel und Wege zur Verifikation im Experiment zu finden. Die Versuchsperson hieß selbstverständlich Richard Chitfield. Mit ihm mußte Appleby sich, wie vorgesehen, endlich bekannt machen. Am Anfang des Gesprächs wollte er kurz irgend etwas Harmloses daherplaudern, um dann ganz überraschend eine derart sachkundig scheinende Frage zu stellen, daß der Bursche vor Überraschung die Karten auf den Tisch legte, wie zum Beispiel die Identität des echten Scheichs.

Simple Fallen dieser Art gehörten zum Handwerkszeug eines Polizisten – wobei bemerkenswert war, wie oft sie zuschnappten. Im vorliegenden Fall allerdings liefen die Ermittlungen zunächst einmal in eine andere Richtung. Colonel Pride war nämlich wieder auf der Bildfläche erschienen. Er hatte Appleby unter seiner Eiche gesichtet und eilte auf ihn zu. Aus der Ferne betrachtet, hätte man annehmen können, bei ihrer Zusammenkunft handele es sich um eine arkadische Begegnung auf die gute alte englische Art. Hier fanden sich zwei vogelfreie Gesellen in Lincolngrün zusammen, um auf Kosten eines anmaßenden Landbesitzers einen kleinen Rotwilddiebstahl oder ähnliches zu planen.

»Gut, daß ich dich gefunden habe, John«, sagte Pride. »Sie haben den Schleier gelüftet. Die Meldung kam gerade durch.«

»Und wer hat ihn gelüftet?«

»Na, diese Schlafmützen vom Außenministerium natürlich. Die stehen doch nur noch auf, um auf Cocktailpartys Tomatensaft zu trinken. Gräßliches Leben. Mein Vater war in dem Verein, ich sage dir...! Aber er hat mich schon in meiner frühen Kindheit vorm diplomatischen Dienst gewarnt. Vernünftiger Mann. Schickte mich zur Polizei. Da war ich dann, als der verdammte Führer an die Macht kam. Na, wie auch immer, ich habe ihn überlebt.«

»Wie man sieht.« Appleby vermutete, daß irgendeine nur mit Mühe unterdrückte Aufregung Tommy Pride zu diesem autobiographischen Exkurs veranlaßt hatte. »Und was hat das Außenministerium nun enthüllt?«

»Was sich hier zusammenbraut – oder zusammenbrauen könnte. Es geht um einen Burschen, der sich Emir nennt. Was, würdest du sagen, ist ein Emir?«

»Mein neuer Nachbar, Professor McIlwraith, würde dir erklären, daß es das gleiche Wort wie Admiral ist, daß es aber auch einfach ein Ehrentitel für einen Nachfahren Mohammeds sein kann oder ganz schlicht die Bezeichnung für einen Prinzen. Vielleicht nicht gerade für einen der obersten Spitze. Denn wenn ich nicht irre, steht bei Gibbon, daß der bescheidene Titel Emir für die osmanische Prominenz nicht mehr tragbar war.«

»Wirklich? Äußerst bemerkenswert.« Colonel Pride war daran gewöhnt, daß Appleby zeitweise eine professorale Haltung einnahm. »Also dieser Kerl, der sich Emir Afreet nennt –«

»Bist du dir dessen sicher, Tommy? Das hört sich höchst unwahrscheinlich an. Ein Afreet ist ein böser Dämon, ein Monster.«

»Das ist das, was mein Mann auf dem Parkplatz über Funk verstanden hat. Ist auch unwichtig. Wichtig ist, daß er sich hier in diesem verflixten Remmidemmi befindet.«

»Richtig. Und er ist ziemlich eindrucksvoll, wenn auch nicht sonderlich dämonisch.«

»Aha.« Im ersten Moment nahm der Chief Constable die Information ohne jede Verwunderung zur Kenntnis. Aber dann sah er Appleby verblüfft an. »Du weißt über ihn Bescheid?«

»Naja, zumindest habe ich ihn schon gesehen. Und ich nehme an, deine Freunde im Außenministerium befürchten, daß er sich in Gefahr befindet. Daß man ihn umbringen will. Oder vielleicht bloß entführen. Er ist ziemlich unbesonnen, mußt du wissen. Vielleicht ist ›unerschrocken‹ das treffendere Wort. Er denkt nicht daran, sich hinter einer Riege Leibwächter zu verstecken oder sich wenigstens unauffällig zu kleiden. Schon gar nicht, wenn er mit Leuten wie Chitfield und dessen Partnern einen Coup startet. Ich glaube, Chitfield und der Emir versuchen sich gegenseitig aus irgendeiner politischen und finanziellen Klemme zu helfen.«

»Du scheinst entschieden mehr über diesen Araber zu wissen als ich.« Der Chief Constable starrte Appleby an, wie weiland Dr. Watson Sherlock Holmes bei dessen wortreichen Beweisführungen angestarrt haben mochte. »Vielleicht kannst du mir auch noch verraten, wo ich ihn finde.«

»Vor einer Stunde hätte ich auch das gekonnt. Aber ich habe keinen Schimmer, wo er sich jetzt aufhält. Vielleicht ist er schon auf dem Rückweg nach London.«

»Das wäre mir verdammt recht. Trotzdem, schätze ich, müssen wir uns umsehen. Ein Bursche in Bettlaken sollte nicht allzu schwer auszumachen sein.«

»Mein lieber Tommy, ist dir denn nichts aufgefallen? Ein Scheich oder Emir hat vor kurzem das Tischtuch geworfen – ein gewisser Tibby Fancroft. Aber da sind mindestens weitere acht, die den Spaß immer noch genießen. Paß auf, ich für meinen Teil könnte den echten Scheich schon von weitem erkennen. Aber Verwechslungen sind nicht ausgeschlossen. Und was sollst du mit Emir Afreet anfangen? Ihn in seinem Rolls-Royce verstauen und dem Fahrer sagen, daß er ihn nach London zurückbringen soll? Ich könnte mir fast vorstellen, daß er das für eine Zumutung hält. Und darauf legt das Außenministerium mit Sicherheit keinen Wert.«

»Zum Teufel mit dem Außenministerium – und mit dem Innenministerium gleich dazu. Man hat mich angewiesen, auf alles ein Auge zu haben und nur im Notfall zu handeln.«

»Das kommt mir irgendwie bekannt vor.« Applebys Geringschätzung war nicht zu überhören. »Sind deine beiden Männer bewaffnet, Tommy?«

»Natürlich nicht!« Der Chief Constable war entrüstet. »Wo, glaubst du, sind wir hier? In Chikago?« Obwohl weit und breit kein Mensch in Sicht war, senkte er vorsorglich die Stimme. »Ganz unter uns: ich habe eine kleine Spielzeugkanone dabei.«

»Na, und? Das heißt noch lange nicht, daß ich dich deshalb für schießwütig halte. Aber ein paar von diesen Pseudoscheichs können es durchaus sein.«

»Was meinst du damit, John – Pseudoscheichs?«

»Die Sache ist die: Außer unserem Emir laufen mindestens sieben Männer auf dieser Party als Araber verkleidet herum. Und wenn ich sage, verkleidet, meine ich das auch so. Nicht einer von ihnen könnte ein Kamel reiten oder würde wissen, wie man sich beim Betreten einer Moschee verhält. Aber sie zerfallen in zwei Gruppen. Vier sind meines Erachtens unbedeutendere Partner von Chitfield, und mindestens einer von denen ist auf Veranlassung von Chitfield als Scheich kostümiert.«

»Schon außerordentlich seltsam.«

»Wem sagst du das! Aber erinnere dich daran, daß die Könige im Mittelalter ein halbes Dutzend arme Kerle als ihr Ebenbild herzurichten pflegten – mit Krone und allem Zubehör – und sie in die Schlacht hetzten, um den Feind zu verwirren. Die andere Gruppe ist ein Trio – alle drei haben sich kurzerhand ein Scheichkostüm im Verleih beim Haupttor besorgt.«

»Warum, um Himmels willen, haben sie denn das getan? Steckt Chitfield auch hinter dieser Sache?«

»Meiner Meinung nach hat Chitfield keine Ahnung davon. Und was deine erste Frage angeht, so kann ich sie schlicht nicht beantworten, Tommy.«

»Mach dir nichts draus. Einer kann nicht alles wissen.« Der Chief Constable machte diese Bemerkung mit großer Zufriedenheit. »Gibt es noch etwas, von dem mich in Kenntnis zu setzen eine freundliche Geste wäre?«

»Nur, daß du mit deiner Vermutung, es handle sich um eine hochkarätige Angelegenheit, völlig recht hattest. Ein Stammesfürst oder eine Regierung in dem Teil der Welt, in der dein Emir beheimatet ist, droht gestürzt zu werden, und Chitfield und seine Leute werden möglicherweise mit ins Verderben gerissen. So was in der Art. In stürmischen Gewässern fischen – aber mit jeder Menge Öl für die Wogen.« Appleby machte eine Pause, um den Witz wirken zu lassen, aber der Chief Constable war zu sehr in seine Gedanken vertieft, um ihn zu würdigen. »Natürlich sind sie alle mehr oder weniger kleine Fische. Chitfields zweiter Vorname lautet nicht B. P. oder Shell. Aber trotzdem ist die Angelegenheit bedeutend genug, um von internationalem Belang zu sein.«

»Bringt uns auf Trab, was?« Colonel Pride lachte plötzlich fröhlich in sich hinein. »Über eines bin ich direkt erleichtert, John. Ich hatte schon den Verdacht, in eine ausgesprochene Schmierenkomödie verwickelt zu sein. Etwa nach dem Muster: A kann unbehelligt B niedermähen, wenn er Lust hat, wobei man aber durchblicken läßt, daß jemand in der Nähe ist, der die öffentliche Sicherheit gewährleistet. Solche Kunstgriffe werden immer wieder angewandt.«

»Am häufigsten in Thrillern, Tommy. Aber deine Annahme ist richtig, daß das auf den Fall hier nicht zutrifft. Du findest den Emir und schützt ihn, so gut du kannst, ohne daß jemand es bemerkt. Wahrscheinlich würde er es – ganz unabhängig davon, wie unerschrocken er ist – gar nicht schätzen, wenn daheim bekannt werden sollte, daß er den Schutz der englischen Polizei in Anspruch nehmen mußte.«

»Hältst du es nicht für möglich, daß er ganz unauffällig einen Leibwächter mit sich herumschleppt?«

»Doch, durchaus. Ich habe mein Wissen zum Teil daher, daß ich vorhin ungewollt in eine Art Vorstandssitzung geplatzt bin. Anwesend waren der Emir und Chitfield und ein halbes Dutzend von dessen Leuten. Aber es war auch ein Junge mit einer Kanone da. Ob er zu dem Emir gehörte oder zu Chitfield, weiß ich nicht.« Appleby erhob sich von seinem Platz unter der Eiche. »Wir sollten wieder auf Streife gehen.«

Die Männer verharrten eine Weile in nachdenklichem Schweigen, das schließlich von Pride gebrochen wurde. »Und was jetzt?« fragte er.

»Ich tue mein Bestes, um den Emir zu finden. Es kann natürlich sein, daß er seine Geschäftsangelegenheiten mit den Chitfield-Leuten geregelt hat und, wie ich bereits angedeutet habe, unverzüglich nach London zurückgefahren ist. Aber aus irgendeinem Grund glaube ich das nicht. Ich habe den Eindruck, daß er wirklich nobel ist und daß die Höflichkeit es ihm gebietet, für eine Weile an dem Fest teilzunehmen – oder es sich wenigstens anzusehen –, ehe er sich verabschiedet. Zumal, wenn ihm soviel daran gelegen ist, den Anschein zu erwecken, er könne sich gefahrlos in England bewegen. Also, wie gesagt, ich tue mein Bestes, um ihn zu finden. Habe ich ihn, gebe ich dir Bescheid, und du instruierst deine Männer, vorausgesetzt, du findest sie. Sie sollten sich beide in seiner Nähe aufhalten, natürlich so, daß er sie nicht bemerkt. Du erinnerst dich doch an das Trio von Pseudoscheichs? Es ist eine kühne Behauptung, aber ich glaube, auch wenn ich noch völlig im dunkeln tappe, daß sie eine Gefahr darstellen. Sollten sie sich plötzlich an den Emir heranmachen, wäre der Augenblick gekommen, auf Dolche zu achten. Wie bei Julius Cäsar auf dem Kapitol – Bettlaken-Look damals und heute.«

»Ob es wohl sinnvoll wäre, mit Chitfield zu reden? Was hältst du davon, John? Er könnte es übelnehmen, wenn er entdeckt, daß ich in dieser absurden Kostümierung herumschleiche und dazu noch zwei Polizisten auf seinem Anwesen habe, ohne ihn informiert zu haben.«

»Völlig richtig. Überlaß ihn mir. Ich bin zu diesem Theater hier von seiner Lieblingstochter eingeladen worden, da kann er mir meine Anwesenheit nicht verargen. Aber eins nach dem andern. Auf den Emir!«

XII

Kaum hatte sich Appleby von Colonel Pride getrennt, als er von Professor McIlwraith aufgehalten wurde. Der berühmte Philologe hatte offenbar Schwierigkeiten gehabt zu entscheiden, an welchen der beiden Polizisten er sich wenden sollte. Mit allen Anzeichen von Verwirrung sprach er schließlich Appleby an.

»Bitte, Sir John«, sagte er erregt, »ich muß wissen, ob Sie von Amts wegen an dieser absurden Veranstaltung teilnehmen.«

»Aber nein.« Appleby war ausgesprochen erstaunt über diese brüske Frage. »Ich dachte, ich hätte das vorhin klar zum Ausdruck gebracht. Ich bin auf Einladung von Cherry Chitfield hier.«

»Und dieser Mann, der andere Robin Hood, der gerade fortgegangen ist? Ich habe gehört, daß er der Chief Constable der Grafschaft ist. Stimmt das?«

»Nun, Grafschaft kann man es eigentlich mittlerweile

nicht mehr nennen, aber darüber herrscht geteilte Meinung. Colonel Pride.«

»Ist Colonel Pride offiziell hier?«

»Bedaure sehr, mein lieber Professor, darüber bin ich nicht informiert.« Applebys Verblüffung wuchs, und er stellte fest, daß er unnötig steif geantwortet hatte. Er war natürlich weder berechtigt, diesem leicht verschrobenen Sprachforscher Auskunft über Tommy Pride zu geben, noch verspürte er die geringste Lust, über sich selbst mitteilsamer zu sein als zuvor. Andererseits schien McIlwraiths seltsames Benehmen einer Erklärung zu bedürfen und verdiente somit die gleiche Aufmerksamkeit wie jedes andere Rätsel auf Drool Court. Also fragte Appleby verbindlich: »Besteht irgendein Anlaß zur Besorgnis, Professor? Kann ich Ihnen vielleicht behilflich sein?«

»Dieser junge Mann namens Fancroft.« McIlwraith hatte sich wieder etwas gefaßt. »Mark Chitfield hat mir eine höchst beunruhigende Geschichte über ihn erzählt. Bedauerlicherweise ist es oft unmöglich, zu sagen, ob Mark aufschneidet oder nicht.«

»Das glaube ich gern.«

»Die Geschichte ist folgende: Fancroft wollte aus irgendeinem belanglosen Grund auf diesem Fest als Araber auftreten, und Richard Chitfield hat ihm das mit aller Bestimmtheit verboten. Ich bin mir bewußt, daß Sie mit den Verhältnissen hier nicht sonderlich vertraut sind, Appleby. Aber halten Sie es für möglich, daß die Geschichte stimmt?«

»Ja, das tue ich. Mit an Sicherheit grenzender Wahrscheinlichkeit stimmt sie«, sagte Appleby, ohne zu zögern. Er war plötzlich überzeugt, daß McIlwraith in das Geheimnis, das sich auf Drool Court zusammenbraute, in irgendeiner Form verwickelt war und daß es deshalb von Vorteil wäre, ihn zum Reden zu bringen. »Es sieht so aus«, fuhr er fort, »als gäbe es dafür so etwas wie einen Grund – man könnte auch sagen, einen Scheingrund –, der in Zusammenhang mit den Theateraufführungen steht. Cherry hatte ein modernes englisches Mädchen darstellen wollen, das von einem liebenden Wüstensohn entführt wird, aber ihr Vater hielt das für unziemlich. Er wollte sie als mittelalterliche Maid sehen, die von einem Ritter in Blech aus den Fängen eines Drachen oder einer Zauberin oder etwas in der Art befreit wird. Was halten Sie von dieser Erklärung, McIlwraith?«

»Dummes Zeug.«

»Genau.«

»Mein lieber Appleby, ich muß Ihnen etwas anvertrauen.« Professor McIlwraith blickte sich vorsichtig um. »Der wahre Grund –«

»Der wahre Grund«, fiel Appleby ihm ins Wort, »ist, daß heute Nachmittag auf Drool mit der Kostümierung als Araber ein ernsthaftes Risiko verbunden ist, dem unser Gastgeber den Freund seiner Tochter nicht aussetzen wollte. Soviel habe ich bereits herausgefunden. Aber aus Ihrem Verhalten schließe ich, daß Sie über all das mehr wissen als ich. Und da ich, wenn man so will, an dem Geschehen von Berufs wegen Interesse habe, würde ich gern alles hören, was Sie dazu zu sagen haben. Zum Beispiel können Sie mir vielleicht erklären, warum hier so viele Festteilnehmer als Araber verkleidet sind. Eine Tatsache, die Ihrer Aufmerksamkeit kaum entgangen sein wird.«

»Nein. Ebensowenig wie Ihrer spekulativen Begabung, vermute ich.«

»Richtig!« Professor McIlwraith, fand Appleby, führte sich weniger kleinlich als sonst auf, was möglicherweise ein gutes Zeichen war. »Ich gehe von einem echten Araber aus, auf den man es abgesehen hat. Die nachgemachten Araber sind ins Spiel gebracht worden, um Verwirrung zu stiften. Man könnte sagen, sie seien die zusätzlichen Nadeln im Heuhaufen.«

»Das sollte die einzig denkbare Erklärung für sie sein?« fragte McIlwraith ungläubig.

»Mitnichten. Es kann sehr wohl mehr als eine Kategorie nachgemachter Araber geben. Irgend jemand mag darauf spekulieren, daß wir, nachdem wir einen Araber als echt erkannt haben, zwangsläufig alle nachgemachten für harmlos halten. Wir sollen denken, sie seien entweder rein zufällig als Araber verkleidet – was tatsächlich möglich ist –, oder sie gehörten zu den zusätzlichen Nadeln im Heuhaufen, von denen keine Gefahr ausgeht.«

»Eine höchst scharfsinnige Analyse, mein lieber Appleby, wenn ich das sagen darf. Mein Kompliment.«

»Lassen wir die Komplimente.« Appleby wurde plötzlich ungeduldig. »Ich will Fakten. Wenn ich Sie richtig einschätze, wittern Sie ebenso wie ich, daß über diesem verfluchten Fest eine ernsthafte Bedrohung schwebt. Deshalb sollten wir besser die Informationen, die wir haben, austauschen. Was mich angeht – ich habe Ihnen alles, was ich weiß, gesagt.«

»Außer über Ihren Kollegen Colonel Pride.«

»In der Tat. Aber ihn müssen Sie selber anzapfen. Wir beide, Sie und ich, können mit dem echten Araber beginnen. Zunächst hatte ich ihn für irgendeinen Scheich gehalten. Inzwischen habe ich allen Grund, ihn für einen Emir zu halten. Emir Afreet, um präzise zu sein.«

»Mein lieber Appleby, ein Afreet ist –«

»Ich weiß, ich weiß. Aber so kam über Funk sein Name.«

»Was Sie nicht sagen!« Verständlicherweise dachte Professor McIlwraith über diese Information kurz nach. »Eine Funkmeldung an Pride?«

»An einen von Prides Männern. Die Polizei ist vertreten, aber bedauernswert schwach. Es ist nur gut, wenn Sie das wissen.«

»Ich verstehe.« McIlwraith legte abermals eine Denkpause ein. »Sein richtiger Name ist Emir Hafrait. Sie haben möglicherweise schon von ihm gehört, Appleby. Er ist auf seine Weise eine gewichtige Persönlichkeit. Und übrigens der Grund für meine Anwesenheit hier.«

»Ah! Jetzt kommen wir ein Stück voran.«

»Nur ein Stückchen, fürchte ich. Der Emir ist zu streng vertraulichen Gesprächen über Öl und so weiter mit Chitfield und seinen Partnern hier anwesend.«

»Das hatte ich bereits angenommen.«

»Ich habe damit nicht das geringste zu tun. Aber ich bin in anderen Fragen Hafraits Ratgeber. Man könnte sie als religiöse Fragen bezeichnen.«

»Du meine Güte!« Appleby war verblüfft. »Ich hätte gedacht –«

»Genau. Aber während meines jahrelangen Aufenthalts im

Nahen Osten habe ich mich, wie das eben so geht, ziemlich gründlich mit dem Islam beschäftigt. Er ist keineswegs so monolithisch, wie es scheint, müssen Sie wissen. Tatsächlich kann niemand voraussagen, welche Richtung diese oder jene mohammedanische Entwicklung nehmen wird. Hafrait ist ein moderner, aufgeklärter Kopf. Er weiß meine unparteiische Darstellung der kriegerischen Sekten und ihrer politischen Vorstellungen zu schätzen. Er wollte eigentlich heute nachmittag nach Abschluß seiner geschäftlichen Verhandlungen mit mir über Probleme dieser Art diskutieren. Aber jetzt ist er verschwunden. Und das ist der Grund, weshalb ich dieses Gespräch mit Ihnen führe.«

»Ah, ja.« Appleby wußte nicht recht, was er von diesen Ausführungen halten sollte; sie waren nicht sonderlich überzeugend, aber gewiß auch nicht ganz uninteressant. »Angenommen, Ihr Emir befindet sich wirklich in akuter Gefahr – was zu glauben ich durchaus geneigt bin angesichts dieser Täuschungsmanöver hier, die andernfalls völlig sinnlos wären. Kommt die Bedrohung dann aus einer politischen Ecke – der Sturz eines Herrschers zugunsten eines anderen –, oder gehört sie zum sogenannten Big Business in einer besonders rabiaten Form, oder geht es um religiösen Fanatismus – wie Ihre Anmerkungen vermuten lassen?«

»Mein lieber Appleby, Sie scheinen nicht viel über die Verhältnisse im Nahen Osten zu wissen. Glauben Sie bloß nicht, daß all das säuberlich voneinander zu trennen sei. Suchen Sie zwischen Sues und Teheran nach dem Motiv für irgendeine Aktion, und Sie stoßen auf ein unentwirrbares Knäuel. Das wäre bestimmt nichts für Sie. Sorgfältige detektivische Untersuchungen dürften da ausgesprochen schwierig sein. Aber natürlich wird die Lösung von Kriminalfällen meistens auf recht einfache Art herbeigeführt. Man holt sich einen geeigneten Verdächtigen und verwendet wirksame Mittel darauf, ihn das sagen zu lassen, was man hören will.«

»Ich schätze, daß wir, Sie und ich, mit einer gehörigen Portion Mißbilligung zu rechnen hätten, wenn wir auf diese Weise vorgingen.«

»Ganz bestimmt. Aber auf irgendeine Weise müssen wir vorgehen, meine ich, um so mehr, als mir Chitfields Verhalten mißfällt. Sein Benehmen dem Kindskopf Fancroft gegenüber beweist, daß er sich des Risikos sehr wohl bewußt war, als er Hafrait nach Drool Court einlud. Er hat unüberlegt und verantwortungslos gehandelt.«

»In diesem Punkt bin ich ganz Ihrer Meinung, Professor. Wir sollten wirklich Ihren Emir suchen und Chitfield dazu – und das ganze gefährliche Geschäft so schnell wie möglich abwickeln.«

»Richtig.« Die Unterstellung, daß gefährliche Geschäfte durchaus einem raschen Zugriff unterworfen sein können, schien McIlwraith zu ermutigen. »Vielleicht gehen wir lieber getrennt auf die Suche. Nur – würden Sie Hafrait erkennen, wenn Sie ihm begegneten?«

»Ich würde ihn auf der Stelle wiedererkennen, denn ich habe ihn schon zweimal zu Gesicht bekommen: einmal hier draußen und einmal in der Bibliothek von Drool Court. Hochgewachsen und gebieterisch – und nicht einmal seine Sonnenbrille kann die Tatsache verbergen, daß er die Züge eines Adlers hat – wie Emire sie wohl zu haben pflegen.«

»Oder die eines Geiers.« McIlwraith bot diese Alternative wie jemand an, der sich im Nahen Osten gut auskennt.

»Und Chitfields Pseudoscheichs, wie ich sie nenne – ein kleiner Mann namens Pring und andere seinesgleichen –, können ihm nicht das Wasser reichen. Eine imponierende Persönlichkeit, Ihr Emir. Was veranlaßt Sie eigentlich, rundheraus zu behaupten, daß er verschwunden ist?«

»Einfach, daß er in der Bibliothek auf mich warten wollte, nachdem Chitfield seine Partner verabschiedet hatte. Aber er war nicht da. Und Chitfield auch nicht.«

»Jedermann scheint hier anzunehmen, daß Chitfield sich schnellstens auf den Weg zu seinem geliebten Theater gemacht hat – obwohl es für mich eher so aussieht, als habe er Besseres zu tun. Ich schlage vor, wir schwärmen in verschiedenen Richtungen aus und treffen uns in, sagen wir, einer Viertelstunde am Theater. Falls Sie unterwegs Pride begegnen, sollten Sie ihn kurz informieren. Hier wird zuviel dem Zufall überlassen. Etwas mehr Kooperation wäre wünschenswert.« Mit dieser Bemerkung brachte Appleby seine Unzufriedenheit deutlich zum Ausdruck. »Wie immer die

Bedrohung aussehen mag, ich würde mich sicherer fühlen, wenn wir ihr mit vereinten Kräften begegnen könnten.«

»Du liebe Zeit!« sagte Professor McIlwraith. »Dafür bin ich eigentlich nicht gemacht. Aber als Ihr treuer Kampfgefährte Achates tue ich, was ich kann.«

XIII

Emir Hafrait war, nachdem er seine Geschäfte mit Chitfields Partnern abgeschlossen hatte, nicht in der Bibliothek geblieben, um Professor McIlwraith zu treffen oder, wie es in diesem Fall vielleicht eher heißen sollte, um Professor McIlwraith zu empfangen. Zweifellos, sagte sich Appleby, während er auf die Suche ging, war dieser Umstand weniger bedeutsam, als McIlwraith glaubte. Hafrait rangierte wahrscheinlich gleich hinter dem Herrscherhaus, und wenn es ihm gefiel, herumzuspazieren und sich die wundersamen Lustbarkeiten seines Kunden Chitfield anzusehen, mochte er es sehr wohl für selbstverständlich halten, diese McIlwraith-Geschichte, die gut noch ein bißchen warten konnte, auf eine günstigere Stunde seiner Muße zu verschieben. In der Tat klammerte sich Appleby fast an die Vorstellung von einem unerschrockenen arabischen Aristokraten, der machte, was ihm in den Sinn kam. Der Kerl hatte vielleicht sogar seinen eigenen sicheren Schutz organisiert, der nicht einmal für den Gastgeber erkennbar war. Schließlich konnte in diesem närrischen Treiben jeder jeder sein.

Und dieses Treiben nahm noch zu. Erstaunlich, wie viele vermutlich doch vernunftbegabte Wesen sich bereit gefunden hatten, dem anstrengenden Chitfieldschen Gartenzauber einen ganzen Nachmittag zu opfern. Natürlich ist es bei einem Fest unter freiem Himmel zulässig, eine beliebige Anzahl menschlicher Leiber zusammenzupferchen, während die Feuerpolizei sofort eingreifen würde, wenn man alle diese Leute unter einem Dach versammelte. Jedenfalls erschwerte das Gewimmel Applebys gegenwärtige Tätigkeit, war es doch so gut wie aussichtslos, in diesem dichten Heuhaufen die Stecknadel zu finden. Außerdem glichen sich, wie er schon einmal festgestellt hatte, Scheichs und Druiden von fern betrachtet wie ein Ei dem andern, weshalb er sie wiederholt verwechselte. Das Basingstokesche Kontingent, das anscheinend das Ritual der Goldenen Morgenröte zelebriert und vor Beginn der noch feierlicheren Perlustration von Drool Court etwas Zeit zur Erholung hatte, schlenderte in kleinen Gruppen zu den weniger kultischen Vergnügungen. Und da manch einer sehr groß war, bildete sich Appleby ein-, zweimal ein, endlich auf Emir Hafrait gestoßen zu sein. Dann jedoch – ganz plötzlich – hatte er den Burschen. Das war kein Pseudoscheich Pringscher Sorte. Die Noblesse war unverwechselbar.

Sir John Appleby sah routinemäßig auf die Uhr, ehe er zum Sprung auf seine Beute ansetzte. Aber ein Sprung genügte leider nicht. Richard Chitfields vornehmer Gast verhielt sich nämlich genauso, wie Appleby es sich vorgestellt hatte. Auch er wanderte umher und besichtigte der Reihe nach das reichhaltige Vergnügungsangebot. Im Augenblick stand er gegenüber von Appleby auf der anderen Seite des Zuschauerrings um den Heißluftballon, um zu verfolgen, wie er mühsam begann, Fasson anzunehmen. Noch bevor Appleby sich durch die gaffende Menge gekämpft hatte, war sein Mann verschwunden. Hatte er womöglich hinter dem absurd kostümierten Robin Hood den pensionierten Polizeichef von London gewittert, der sich gerade die Freiheit herausnehmen wollte, ihn anzureden? Nein, das konnte nicht sein. Es war schlicht sein Pech, daß Emir Hafrait sich entschlossen hatte, zur nächsten Attraktion weiterzugehen.

Aber bei seinem hohen Wuchs hätte man selbst dann über der Menge sein Haupt sehen und daran die Richtung erkennen müssen, die er eingeschlagen hatte. Weit gefehlt! Irgendwelche Geländeformationen mochten der Grund dafür sein. Es blieb Appleby nichts anderes übrig, als den Weg zum Theater fortzusetzen. Das Theater war immerhin die Hauptattraktion und damit wohl auch das Ziel für den Emir, selbst wenn er es auf Umwegen ansteuerte, zugleich aber aller Wahrscheinlichkeit nach der Ort, an dem der fast gleichermaßen herbeigesehnte Richard Chitfield zu finden sein würde. Doch da sich diese beiden Personen immer wieder in Luft auflösten und überall und nirgends sein konnten, mäßigte Appleby jetzt sein Tempo, um in aller Ruhe die Menge absuchen zu können – fast wie irgendein weniger hochrangiger Polizist auf Streife in einem zweifelhaften Viertel. Erst nach geraumer Zeit kam er wieder beim Theater an.

Wie bei seinem ersten Besuch passierte nicht viel, was nicht weiter verwunderlich war. Allenfalls verwunderte ihn die große Anzahl von Zuschauern, die in Erwartung der nächsten Nummer geduldig auf ihren Stühlen ausharrten. Das konnte daran liegen, daß im Ablauf des Nachmittags ein Punkt erreicht war, an dem die Festgäste froh waren, sich ein wenig hinsetzen zu können. Eine gewisse Geschäftigkeit herrschte hingegen hinter dem unzulänglichen Bühnenvorhang. William Birch-Blackie und seine Truppe rüsteten sich zur todesmutigen Verteidigung von Mafeking. Von Buren war keine Spur zu sehen. Grob gesagt, hätten sie eigentlich aus der hiesigen Landjugend rekrutiert werden können. Aber vielleicht hatten sie sich geweigert mitzuspielen, oder man hatte die Buren schlichtweg vergessen.

Appleby musterte unauffällig die Zuschauer. Titania saß immer noch auf ihrem Platz, und Zettel (zuletzt in Chitfields Bibliothek gesichtet) war ihr zurückgegeben worden. Auch Scheich Pring war zugegen, die Jungfrau von Orleans – ganz unpassend – an der Seite. Plötzlich geriet die mehr oder weniger beschauliche Szene in Bewegung. Professor McIlwraith, der bereits zu dem verabredeten Rendezvous eingetroffen war, hatte Appleby entdeckt und näherte sich ihm jetzt in schwerfälligem Trab.

»Ich habe ihn gesehen!« rief er voller Aufregung. »Er war hier. Aber jetzt ist er wieder verschwunden.«

»Sie meinen den Emir?« Verständlicherweise mißfiel Appleby das öffentliche Aufsehen, das sie erregten.

»Ja, natürlich. Vor zehn Minuten.«

»Vor zehn Minuten?« Appleby war überrascht, daß der bedeutende Philologe daran gedacht hatte, auf die Uhr zu sehen. »Sie haben sich die Uhrzeit gemerkt?«

»Aber ja. Ich war auf dem Weg hierher. Und da war plötzlich mein Emir – schlenderte umher, als wäre er auf einer Gartenparty.«

»Er war es doch wirklich, oder?« Appleby war einen Augenblick lang höchst verärgert. »Teufel auch, McIlwraith! Ich glaube, es gibt einen Doppelgänger. Mehr weiß ich auch nicht.«

»Was wollen Sie damit sagen?«

»Daß Hafrait nicht an zwei Stellen zur gleichen Zeit sein kann – falls er nicht doch ein Dämon ist. Ich könnte schwören, daß ich ihn vor zehn Minuten ganz woanders gesehen habe. Sind Sie ganz sicher, daß Ihr Mann der Emir war?«

»Absolut. Er hat mit mir gesprochen. Ziemlich herablassend, muß ich leider sagen. Sie wissen, wir waren verabredet –«

»Ja, ich erinnere mich.«

»Nun, er winkte mir hoheitsvoll zu und sagte: ›Unsere Verabredung muß auf später verschoben werden, mein guter McIlwraith.‹ Und dann ging er weiter. Ich habe ihn nicht aufgehalten. Ich war zu verärgert.«

»Sehr verständlich. Tatsache scheint, daß der Bursche sich absichtlich zur Schau stellt. Er amüsiert sich offenbar mit einer Art russischem Roulette. Er ist hier in Begleitung eines bedauernswerten Doppelgängers, und die Chance, wen von beiden es erwischt, steht fünfzig zu fünfzig. Das ist ja Wahnsinn!«

»Er stammt aus einem wunderlichen Völkchen, mein lieber Appleby. Ich vermute, daß Hafrait sich beleidigt fühlte, als er von Chitfields albernem Plan hörte, die Szene mit verkleideten Arabern zu bevölkern – und das Ergebnis ist, daß er sich noch unvernünftiger verhält. Vor solcher Idiotie kann man sich nur geschlagen geben.«

»Das klingt ganz überzeugend. Aber man kann sich bedauerlicherweise nicht der Pflicht entziehen, die öffentliche Sicherheit zu gewährleisten. Das gilt besonders für Colonel Pride und seine Männer. Wir müssen Pride sofort von der neuesten Entwicklung unterrichten.«

Professor McIlwraith schien von dieser Sicht aus ungleich höherer Warte tief beeindruckt zu sein.

»Da kann ich Ihnen nur recht geben«, sagte er. »Und wir müssen so handeln, als läge es bei uns, eine Wirtshausschlägerei zu schlichten.« McIlwraith hielt inne, möglicherweise selbst überrascht darüber, daß ihm ein so hinkender Vergleich eingefallen war. »Man trennt einfach die streitenden Parteien und fordert sie auf, klein beizugeben und zu verschwinden.«

»Genau. Aber in unserem Fall gibt es nur eine Partei. Und ich glaube irgendwie nicht so recht, daß unser Emir mitspielt, wenn wir ihn bitten, das Feld zu räumen – falls wir ihn überhaupt finden. Er paradiert, wie ich schon sagte. Und er wird nicht gesonnen sein, von irgendwem die Anweisung entgegenzunehmen, Drool Court zu verlassen.«

»Außer vielleicht von Chitfield. Zweifellos betrachtet er ihn wie mich als eine Art Personal. Aber in diesem besonderen Fall ist Chitfield auch sein Gastgeber, und Hafrait wird keinen Wert darauf legen, hier als Persona non grata zu verweilen. Er mag später süße Rache nehmen, aber erst einmal würde er gehen.«

»Dann müssen wir Chitfield von der Notwendigkeit überzeugen, einen Versuch zu wagen. Bedauerlicherweise ist Chitfield ebenso unauffindbar wie der Emir. Sie haben ihn nicht zufällig hinter der Bühne gesehen?«

»Nein. Und im übrigen bin ich immer noch der Ansicht, daß er sich skandalös verhalten hat.«

»Schon gut. Aber er mag –« Appleby, der sich umgeblickt hatte, brach mitten im Satz ab. »Hier kommt die ältere Tochter, offensichtlich vom Schießplatz. Und sie sucht jemanden. Anscheinend eine ansteckende Tätigkeit.« Appleby betrachtete die näher kommende Patty Chitfield genauer. »Wissen Sie was, McIlwraith? Ich habe den Eindruck, daß da etwas passiert ist.«

»Ich habe meinem Vater gesagt, daß Sie hier sind, und er bat mich, Sie zu holen.« Miss Chitfield hatte sich direkt an Appleby gewandt und streifte seinen Begleiter nur mit einem flüchtigen Blick. »Wir haben einen Arzt gefunden, aber wir brauchen auch einen Polizisten.«

»Dann sollten Sie nicht mit mir reden, sondern –« Appleby gebot sich selbst Einhalt. Es war immer noch nicht seine Angelegenheit, allen und jedem die Anwesenheit von Colonel Pride zu enthüllen. »Mir ist am Haupttor ein Polizist in einem Streifenwagen aufgefallen«, verbesserte er sich rasch. »Vermutlich regelt er den Verkehr. Wenn etwas geschehen ist, was die Anwesenheit der Polizei erfordert, ist er der richtige Mann für Sie.«

»Dann nehmen wir eben den falschen. Es ist dringend! Bitte kommen Sie mit zum Schießplatz.«

»Gut.« Appleby zierte sich nicht lange. »Handelt es sich um einen Unfall?«

»Sieht eher nach einem Zwischenfall aus. Jemand ist von einem Pfeil getroffen worden.«

»Könnte man die Person als nomadisierenden Araber beschreiben, Miss Chitfield?«

»Genau so.« Patty sah Appleby fragend an. »Zum Glück ist es nicht Tibby.«

»Wenigstens nicht er. Und ich glaube, es wäre gut, wenn Professor McIlwraith mit uns käme – Sie kennen den Professor?«

»Und ob!« Patty nickte dem Professor flüchtig zu. »Aber gehen wir jetzt endlich!«

Da sie sich bereits vorwärts bewegten, ließ diese brüske Aufforderung vermuten, daß Pattys Nerven äußerst angespannt waren. Obwohl Appleby fand, daß am Tatort nach Eintreffen eines Arztes ein Krankenwagen nötiger gebraucht würde als ein Polizist, war er bereit, sich zu beeilen. Sie kamen schnell voran. Offenbar war der Wettkampf der Bogenschützen beendet, und die Zuschauer hatten sich zerstreut. Nur eine kleine Ansammlung von Leuten war zu sehen. Sie befand sich direkt neben einer der Zielscheiben auf der Seite des Platzes, auf die sie geradewegs zugingen. Und vor ihr auf dem Boden lag ein unordentliches Bündel, eine in weiße Tücher gehüllte Gestalt, bei deren Anblick Appleby makabrerweise an die Witze denken mußte, die über Schmutzige-Wäsche-Körbe kursierten.

Ein uniformierter Polizist war schon zur Stelle – irgendwer schien sich an den Streifenwagen erinnert zu haben. Ein Mann war eindeutig als Arzt zu erkennen, obwohl er als Robinson Crusoe verkleidet war. Neben Mark Chitfield stand Tibby Fancroft – letzterer noch immer in dem Sporthemd und den Hosen, die zum Vorschein gekommen waren, als er vor Chitfields Bibliothek sein Kostüm abgelegt hatte. Und hier war endlich auch Richard Chitfield. Er drehte sich um, als seine Tochter mit den beiden Männern näher kam.

»Sir John Appleby«, sagte Patty ohne Umschweife und musterte sichtlich irritiert den Vater. Das war im großen und ganzen verständlich, denn für einen Meister der Hochfinanz – oder was immer er sein mochte – machte Mr. Chitfield im Augenblick eine schlechte Figur. Die Behauptung, er sei von panischem Schrecken ergriffen, wäre gelinde gesagt, eher als eine Untertreibung zu bezeichnen gewesen.

»Er ist tot«, sagte Chitfield heiser. »Hafrait ist tot. Wenn bekannt wird, daß er hier starb, war alles umsonst.« Er starrte Appleby an, der diese einigermaßen überraschende und wenig geschmackvolle Betrachtungsweise des Vorfalls kommentarlos zur Kenntnis nahm. Mark Chitfield, obwohl sehr blaß, konnte der Versuchung nicht widerstehen, die Augen schicksalsergeben gen Himmel zu richten, so als habe er sich mit der traurigen Gewißheit abgefunden, daß die Gefängnistore für die ganze Chitfield-Sippe bereits offenstünden. Tibby Fancroft schien völlig durcheinander zu sein. Wie groß er war – fast so groß wie Emir Hafrait! Es hatte ganz den Anschein, als sei er der Gefahr einer Verwechslung nur dadurch entgangen, daß er das arabische Gewand abgelegt hatte.

»Tot!« wiederholte Chitfield und wandte sich an den Arzt. »Er ist tot, nicht wahr? Es gibt keinen Zweifel?«

»Nein, er ist eindeutig tot.« Der Arzt, der seinen Sonnenschirm aus Palmblättern und eine alte Schrotflinte im Gras hatte ablegen müssen, bückte sich und nahm die beiden albernen Requisiten gefaßt wieder an sich. Er stammte aus der Gegend und erkannte Appleby, der seinerseits immer noch seinen gleichermaßen albernen Langbogen ohne Sehne mit sich herumtrug. »Guten Tag, Sir John«, sagte er. »Eher was für Sie, würde ich sagen. Oder ein höchst eigenartiger Unfall. Sehen Sie selbst.«

Unter dem respektvollen Blick des Polizisten befolgte Appleby die Aufforderung. Die Leiche lag auf der Seite; der Pfeil war von hinten in den Körper eingedrungen. Ein Drittel des Pfeils, das mit den Federn, ragte zwischen den Schulterblättern heraus, ein weiteres Drittel, das mit der Metallspitze, aus dem Brustkorb, das mittlere Drittel steckte in dem Körper des Toten. Es war unübersehbar, daß eine Operation nötig sein würde, um den Pfeil zu entfernen.

»Chitfield, Sie sind ein Trottel!« Es war Professor McIlwraith, dem dieser unziemliche Ausruf entfuhr. Er hatte sich neben die Leiche gekniet und dem Toten ins Gesicht gesehen. »Sie haben nicht den Emir getötet, sondern irgendeinen Kerl, der das Pech hatte, ihm ähnlich zu sehen. Kein nachgemachter Araber übrigens, wie Ihr lächerlicher Pring, sondern einer seiner Reisebegleiter, dem die unangenehme Aufgabe zugefallen war, das Risiko der Verwechslung auf sich zu nehmen.«

»Das Risiko zu teilen«, korrigierte Appleby. »Das müssen Sie Ihrem dickköpfigen Emir schon zugestehen. Wieder russisches Roulette. Er zeigt tatsächlich einen ausgeprägten Geschmack für die drastischeren Formen des Glücksspiels. McIlwraith, wie schätzen Sie das alles hier ein?«

»Ich denke, daß sie ihren Irrtum bald entdecken. Falls Hafrait tatsächlich auf diesem unglücklichen Fest in Kenntnis des Risikos herumspaziert – und ich muß leider sagen, daß so etwas durchaus zu seinem Charakter paßt –, dann verrät seine hohe, nicht zu übersehende Gestalt den Attentätern auf einen Blick, daß sie getäuscht worden sind. Und sie werden sich schätzungsweise wieder an die Arbeit machen.«

»Völlig richtig.« Appleby wandte sich an Chitfield. »Hafraits Verdienste als Geschäftspartner kenne ich nicht«, sagte er trocken. »Ich weiß nur, daß er schlicht ein unerwünschter Gast ist. Sehen Sie zu, daß Sie ihn schnellstens loswerden.«

»Aber nicht ein für allemal«, sagte Mark Chitfield unangemessen fröhlich. Er blickte hinunter auf den Toten. »Das hatten wir schon.«

XIV

»Ich denke da an eine Möglichkeit«, sagte Professor McIlwraith. Dieser seltsame Gelehrte schien merkwürdig unbeeindruckt von dem gräßlichen Anblick zu seinen Füßen. Seine akademische Karriere war vielleicht nicht immer in ruhigen Bahnen verlaufen. Während seiner wissenschaftlichen Aufenthalte in Teheran oder vergleichbaren Gebieten mochte er daran gewöhnt worden sein, gelegentlich mit Gewalttätigkeiten konfrontiert zu werden. McIlwraith fuhr fort: »Obwohl, wie ich bereits erwähnte, der Emir es für richtig hielt, mich in ziemlich anmaßender Form abzufertigen, als ich ihm vorhin begegnete, gibt es ohne Zweifel bestimmte Dinge halbpolitischer Natur, über die er mit mir zu sprechen wünscht. Nachdem er jetzt sozusagen dem Fest die Ehre erwiesen und dabei sein idiotisches Roulette gespielt hat, könnte er sehr wohl ins Haus zurückgekehrt sein und von mir erwarten, daß ich ihm in der Bibliothek zur Verfügung stehe. Ich schlage vor, daß wir diese Möglichkeit erkunden.«

»Wenn er irgend etwas in dieser Art gemacht hat«, erwiderte Appleby, »hat er sich meiner Meinung nach in eine ebenso ungeschützte Lage begeben wie bei seinem Gang durchs Gelände. Als Mr. Fancroft mich zu Ihrer Bibliothek führte, Mr. Chitfield – und mir damit zu dem Anblick einer einmalig grotesken Konferenz verhalf –, fiel mir auf, daß das Haus mit seinem kostbaren Inhalt bemerkenswert ungesichert gegen leichten oder auch nicht so leichten Diebstahl ist. Es schien überhaupt niemand anwesend zu sein. Mit Ausnahme Ihrer Geschäftsfreunde, die von einem Revolverhelden bewacht wurden. Der Kerl richtete die Waffe auf Mr. Fancroft und mich, bis Sie sich einschalteten. Könnte man ihn als einen von Ihnen engagierten Bewacher bezeichnen?«

»Ja. Aber was heißt das schon?«

»Es heißt immerhin, Sir, daß gewisse Gesetze mißachtet wurden. Die Umstände, unter denen eine Person in dieser Funktion berechtigt ist, eine Faustwaffe zu tragen, sind ausgesprochen selten. Aber damit brauchen wir uns im Augenblick nicht aufzuhalten. Dieser Polizeibeamte«, Appleby wies mit dem Kopf in die Richtung des Polizisten, »wird sich darum kümmern, daß der Chief Constable unterrichtet wird und daß die erforderlichen Schritte im Zusammenhang mit dem Toten hier unternommen werden. Ich denke, die jungen Leute könnten nützlicherweise helfen, Colonel Pride zu finden. Er ist, wie Sie vielleicht schon wissen, der zweite Robin Hood. Sie und ich, Professor, gehen mit Mr. Chitfield in die Bibliothek, wo wir vielleicht, wie Sie meinen, diesen dickköpfigen Potentaten finden.«

Auf so einfache Weise, ohne Befugnis und, fast könnte man sagen, aus purer Gewohnheit, übernahm Sir John Appleby, seit kurzem passionierter Rosenschneider im Dienst seiner Frau, den mysteriösen Fall auf Drool Court.

Tatsächlich saß Emir Hafrait am langen Tisch in der Bibliothek, wo Appleby ihn auch während der Konferenz sitzen gesehen hatte. Der Mann mit der Waffe war nirgends zu entdecken.

»Ah«, sagte der Emir, »hier ist ja endlich unser Professor, Mr. Chitfield. Ihren zweiten Begleiter kenne ich nicht. Wohlan – Sie haben alle meine Erlaubnis, Platz zu nehmen.«

Appleby war der erste, der dieser anmaßenden Weisung nachkam. Er ergriff auch als erster das Wort.

»Exzellenz, ich bedaure, Sie davon unterrichten zu müssen, daß ein Mann, der gekleidet ist wie Sie und eine auffällige Ähnlichkeit mit Ihnen hat, hier auf diesem Grundstück brutal ermordet worden ist.«

»Tatsächlich! Nun, sein Lohn ist ihm gewiß.«

»Dem sei, wie ihm sei.« Appleby verspürte kein Bedürfnis, einen theologischen Disput zu beginnen. »Jedenfalls muß sofort eine zügige Ermittlung sowohl über seine Anwesenheit als auch seinen Tod aufgenommen werden. Ich muß Sie ohne alle Umschweife dazu befragen – und zu anderem mehr, nehme ich an.«

»Was gibt Ihnen überhaupt das Recht, in dieser peremptorischen Weise mit mir zu reden?« Es war unüberhörbar, daß Emir Hafrait über einen bemerkenswerten Wortschatz verfügte.

»Exzellenz, ich bin durch königliche Verfügung verpflichtet, die Aufrechterhaltung der öffentlichen Sicherheit und Ordnung mit allen mir zu Gebote stehenden Mitteln zu gewährleisten.«

»Sie versehen, anders ausgedrückt, eine obrigkeitliche Funktion?«

»Sie sagen es. Und ich habe enge Verbindung zu dem Chief Constable der Grafschaft – der, wie ich hoffe, bald hier eintreffen wird. Wenn Sie inzwischen einige Fragen beantworten könnten, wäre ich Ihnen aufrichtig verbunden.«

»Gut.« Der Emir neigte huldvoll den Kopf und deutete damit offenbar seine Zufriedenheit über die seiner Position angemessenere Redeweise an.

»Dem bedauerlichen Zwischenfall liegt, wenn ich das richtig sehe, Ihre exponierte Stellung zugrunde, durch die Ihre Person einer ständigen, politisch bedingten Gefahr für Leib und Leben ausgesetzt ist.«

»Völlig richtig. Professor McIlwraith könnte Ihnen viel dazu sagen.«

»Allerdings.« McIlwraith sprach zum erstenmal. »Und zur Problematik der Kleidervorschriften ebenfalls.«

»Davon habe ich mir schon einen Begriff machen können, glaube ich.« Appleby warf einen Blick auf den Emir. »Ich nehme an, daß Sie zu jenen Männern Ihrer Rasse oder Nation gehören, die unter keinen Umständen bereit sind, westliche Kleidung zu tragen.«

»Richtig. Darüber hinaus empört es mich, wenn Europäer sich die Gewänder meiner Landsleute anziehen. Der Anblick heute nachmittag hat mir sehr mißfallen.«

»Es ist anzunehmen«, sagte McIlwraith, »daß Mr. Chitfield aus Gründen, die mitnichten etwas mit einem lästerlichen Treiben zu tun haben, für die Anwesenheit dieser als Araber verkleideten Männer gesorgt hat.«

»Daran besteht kein Zweifel.« Appleby klang leicht ungeduldig. »In der Tat stellte er recht und schlecht einen Zustand her, der durchaus Ähnlichkeit mit der augenscheinlichen Gewohnheit eines Emirs hat, sich mit einem oder mehreren Strohmännern zu umgeben.«

»Eben das hatte ich beabsichtigt«, sagte Chitfield. »Wenn es denn eine unauffällige Zusammenkunft mit dem Emir sein mußte, schien mein Kostümfest die geeignete Gelegenheit dafür zu sein. Ich habe für ein paar unechte Scheichs gesorgt.«

»Ich hätte die Idee abgelehnt, wenn man mich davon unterrichtet hätte«, fuhr der Emir dazwischen. »Diese maskierten Leute sind eine Zumutung.«

»Das sehe ich etwas anders.« Appleby fand es ziemlich ungerecht, daß Mr. Pring und seine Kumpel so geschmäht wurden. »Aber daß Sie, Mr. Chitfield, unschuldige, ahnungslose Leute in Gefahr gebracht haben, kann rechtliche Folgen haben. Gut, auch das ist im Augenblick belanglos, denn vor allem sind Sie, Exzellenz, immer noch in erheblicher Gefahr, und dieser Tatbestand erfordert sofortige Maßnahmen.«

»Dessenungeachtet muß ich mich noch einmal zu der Maskerade äußern.« Der Emir maß bei diesen Worten seinen Gastgeber mit einem Blick voll unverhüllter Mißbilligung. »Man hat mich noch nie zuvor genötigt, neben Zirkusclowns und Teddybären Platz zu nehmen. Es war sogar, wenn ich mich recht erinnere, eine Mickymaus dabei.«

»Das war vielleicht ein Fehler«, sagte Chitfield in entschuldigendem Ton, »aber es ging einfach darum, daß in einem so frühen Stadium der Verhandlungen ein paar von den Leuten eben die Chance wahrgenommen haben, ihre Karten nicht gleich aufdecken zu müssen.«

»Ihre Gesichter, meinen Sie«, sagte der Emir grimmig. »Ich habe zwar aus Rücksicht auf Sie als meinen Gastgeber darauf verzichtet, meinen Ärger offen zu zeigen, betrachte es aber als eine Geschmacklosigkeit sondergleichen. Ich habe jedoch meinen Unmut so weit gezügelt, daß ich mir eine Zeitlang diese Scharade angesehen habe. Jetzt beabsichtige ich, nach London zurückzukehren.«

»Erwägen Sie, Ihren bemitleidenswerten Gefolgsmann mitzunehmen?« fragte Appleby.

»Ach!« Der Emir lächelte schwach. »Ich bedaure natürlich seinen Tod. Aber es ist Brauch in unserer Familie, über mehrere solcher Personen zu verfügen.«

»Ich fürchte, Exzellenz, in unserem Land ist es ehrenvoller, den Brauch zu brechen, als ihn einzuhalten. In der Tat schützt Sie lediglich Ihre diplomatische Immunität vor erheblichen Unannehmlichkeiten. Wie dem auch sein mag, überdenken wir Ihre Rückkehr nach London – die ich persön lich für höchst wünschenswert halte. Wie kann man sie am besten bewerkstelligen, ohne weitere Todesopfer zu riskieren? Die Frage ist mit den Auskünften, die uns bisher zur Verfügung stehen, nicht zu beantworten. Wir müssen zum Beispiel wissen, wann festgelegt wurde, daß Ihre Konferenz oder Verabredung oder wie man das nennen mag, auf Drool

Court stattfinden sollte. Gewisse Vorbereitungen, die hier von Mr. Chitfield getroffen worden sind, lassen darauf schließen, daß die Entscheidung länger zurückliegt.«

»Ja, ungefähr vierzehn Tage.«

»Zu jenem Zeitpunkt kam Mr. Chitfield also auf die seltsame Idee, die Zusammenkunft mit dem Kostümfest zu verbinden. Er überredete ein paar seiner Freunde, als Araber verkleidet daran teilzunehmen. Dadurch sollte erreicht werden, daß Ihre Anwesenheit weniger auffiel. Übrigens hat er einem jungen Mann, den man als nahen Freund der Familie bezeichnen könnte, streng verboten, sich als Scheich zu kostümieren, was den Verdacht nahelegt, daß er seine Geschäftsfreunde für merkwürdig entbehrlich hält. Würden Sie dem zustimmen, Mr. Chitfield?«

»Wenn Sie so wollen… Auf alle Fälle sollte Cherrys Freund aus der Geschichte rausgehalten werden.«

»Tatsache ist, daß sowohl der Emir als auch Sie Vorkehrungen getroffen haben. Sie haben unter anderem einen Mann mit einer Faustwaffe engagiert, und der Emir wählte die abwegigere Form, sich einen Doppelgänger mitzubringen. Und nun müssen wir, glaube ich, eine Art Scheichzählung vornehmen. Die Aufgabe kompliziert sich durch die nicht von der Hand zu weisende Möglichkeit, daß einige der Anwesenden heute nachmittag rein zufällig als Scheich verkleidet unterwegs sind. Aber nehmen wir einmal an, daß jeder Anhänger dieser Mode eine Rolle in der Angelegenheit spielt. Halten Sie es für möglich, Exzellenz, daß einer Ihrer Feinde, der ein Attentat auf Sie plant, hier in einem Aufzug erscheint, den ich einmal als seine Stammestracht bezeichnen möchte?«

»Ganz gewiß nicht. Er würde sich so unauffällig wie möglich kleiden.«

»Genau. Aber nun stoßen wir auf eine merkwürdige Tatsache: Zufällig habe ich erfahren, daß drei Männer, die offensichtlich hier in normaler europäischer Kleidung erschienen sind, sich im Lauf des Nachmittags arabische Kostüme besorgt haben.«

»Wie in aller Welt konnten sie das?« fragte McIlwraith.

»Ganz einfach, indem sie das Zeug am Haupteingang ausliehen. Es ist durchaus möglich, daß sie begriffen haben, was Mr. Chitfields Pseudoscheichs bewirken sollten, und daß sie sich in jenem Kostüm zu einer völlig unverdächtigen Gruppe von Festteilnehmern zählen würden. Es wäre ein klassisches Täuschungsmanöver. Der Emir, der inzwischen von Mr. Chitfields Idee wußte, eine Reihe von Freunden in falsche Scheichs zu verwandeln, mußte zwangsläufig jede so gekleidete Person für völlig harmlos halten. Er würde nicht auf der Hut sein, wenn einer oder mehrere von ihnen sich ihm näherten.« Appleby wandte sich an den Emir. »Sie können mir folgen, Exzellenz?« fragte er verbindlich.

»Natürlich kann ich. Aber es stellt sich die Frage: Wie weit muß ich?«

»Bedaure, Exzellenz, es gibt noch ein oder zwei ungeklärte Punkte. Diejenigen der Pseudoscheichs, die das Glück haben, Kollegen unseres Gastgebers zu sein«, Appleby warf Mr. Chitfield einen grimmigen Blick zu, »kennen sich wahrscheinlich untereinander, und es steht zu vermuten, daß sie zu zweit oder zu mehreren umherspazieren. Aber Sie, Exzellenz, sind eine einmalige Erscheinung. Es bedarf keines sonderlichen Scharfblicks, um Sie auszuspähen, wenn Sie in Begleitung eines Europäers, wie etwa des Professors, oder allein durch Garten oder Park schlendern. Ein Tatbestand, der uns später nützlich sein wird. Vorläufig bin ich noch an einer weiteren Auskunft interessiert. Man hört oft genug, daß eine Schießerei, ein Bombenanschlag oder ein anderes Attentat einer terroristischen Organisation nicht nur von dieser als ihr Werk reklamiert wird, sondern von zweien oder gar dreien. Das ist wie in der Schule. Der Lehrer fragt: ›Wer hat die Papierkugel geworfen?‹, und sofort schießen zwei, drei Hände stolz in die Höhe. Verzeihen Sie mir den eher hausbackenen Vergleich, Exzellenz. Was ich wissen möchte, ist, ob es solche rivalisierenden und miteinander wetteifernden Gruppen gibt, die es nach Ihrem Blut dürstet.«

»Ihre Formulierung ist mir ein bißchen zu krude. Aber es ist durchaus möglich, daß es solche Gruppen gibt.« Der Emir hielt kurz inne. »Ist es erlaubt, in diesem vergleichsweise späten Stadium der Unterhaltung nach der genauen Funktion der Person zu fragen, die ständig das Wort an mich richtet?«

»Es ist Sir John Appleby«, sagte McIlwraith – sehr hastig, als würde es sich hier um einen deutlichen Ausrutscher im Protokoll handeln. »Sir John hat bis zu seiner Pensionierung vor kurzem an der Spitze der Londoner Polizei gestanden. Unser System ist nur schwer mit wenigen Worten zu beschreiben. Aber die Funktion Sir Johns ist so ganz gut umrissen.«

»Dann können wir fortfahren.« Der Emir neigte zwar ernst den Kopf, gab aber gleichzeitig zu erkennen, daß ihn diese Auskünfte nicht sonderlich beeindruckt hatten. »Noch einmal zu Ihrer letzten Frage. Ja, ich habe Feinde, die wiederum untereinander verfeindet sind. Auch das ist etwas, was sich nicht mit wenigen Worten beschreiben läßt. Aber Sir John wird mit solchen Konstellationen vertraut sein. Die amüsanten Einzelheiten gelangen durch Ihre Geheimdienstleute und Ihr Außenministerium sicher bis zu ihm. Ein Krisengebiet, auf dem man in Ihren Clubs sehr bewandert ist, nicht wahr?« Diese sophistische Anmerkung schien den Emir für einen Moment in bessere Laune zu versetzen. »Fahren wir mit unserer vielleicht verfrühten gerichtlichen Untersuchung meiner Leiche fort.«

»Konkurrierende Gruppen von Terroristen oder Aktivisten, oder wie man sie nennen will, mögen unterschiedliche Methoden und unterschiedliche Ziele haben«, sagte Appleby. »Eine Gruppe will eine Leiche, eine andere eine Geisel. Und unsere Polizei räumt, wenn sie eine Gruppe gefaßt und eingesperrt oder ausgewiesen hat, möglicherweise bloß das Feld für die nächste Gruppe. Wir müssen also recht vorsichtig sein. Ich weiß beispielsweise rein gar nichts über Sie, Exzellenz, mit Ausnahme dessen, was Sie persönlich mir erzählt haben und was Mr. Chitfield weiß oder zu wissen glaubt. Ich will damit sagen – und bitte Sie, das nicht mißzuverstehen –, daß der Tote ebensogut Ihr eigener Bruder sein und daß eine kleine Familienfehde heute nachmittag durch Sie höchstpersönlich ein Stückchen weitergetrieben worden sein könnte.«

»Du meine Güte!« Der Emir hatte sich darauf beschränkt, die Augenbrauen hochzuziehen. »Ihre unverblümte Äußerung zeugt von einer blühenden Phantasie.«

»Wir haben auch unsere derzeitige Lage in Betracht zu ziehen. Augenscheinlich sitzen wir in einem menschenleeren Haus und haben nicht einmal die Gesellschaft eines Türhüters. Und draußen wimmelt es von phantastisch kostümierten Festteilnehmern. Es laufen außerdem zwei Polizisten in Zivil herum, und inzwischen mögen ein paar Uniformierte hinzugekommen sein. Ich kann nicht umhin festzustellen, daß ich eine Vielzahl möglicher Unglücksfälle sehe, deren jeder einzelne von uns, so gut es geht, gemeistert werden muß, sollte er auf uns zukommen. Aber ich sehe, der Chief Constable ist uns zu Hilfe geeilt.«

XV

Colonel Pride hatte die Bibliothek, ohne anzuklopfen, betreten. Eine Weile blieb er schweigend im Türrahmen stehen und musterte geringschätzig den Besitzer und seine Gäste. Er hatte seinen Langbogen abgelegt, nicht aber sein Wams oder gar den Hut in Lincolngrün. Der Emir sprach schließlich als erster, nachdem er von Appleby zu Pride und von Pride zu Appleby geblickt hatte.

»Du liebe Zeit!« sagte er. »Ich erinnere mich nicht, je ein Mitglied der englischen Polizei so gewandet gesehen zu haben. Zweifellos ist das Ihre Galauniform – angelegt zu Ehren des Hausherrn Mr. Chitfield oder möglicherweise gar zu meinen Ehren.«

Colonel Pride, der auf solch eitles Gerede nicht eingestellt war, machte zwei Schritte in den Raum.

»Sir, ich vermute, daß Sie Emir Hafrait sind. Und Sir John Appleby hat Sie bestimmt davon in Kenntnis gesetzt, daß ein Mann, ›gewandet‹ wie Sie und wahrscheinlich ein Landsmann oder gar ein Gefolgsmann von Ihnen, vor etwa einer halben Stunde auf dem Gelände hier einem Attentat zum Opfer gefallen ist. Seine Leiche wurde auf dem verlassenen Schießplatz entdeckt, durchbohrt von einem Pfeil, der ihm zwischen die Schulterblätter geschossen worden war. Nichts deutet auf einen Unfall hin. Wir haben es mit einem Verbrechen zu tun, und zwar einem Verbrechen, das nur oberflächlich betrachtet absurd erscheint. Der Attentäter – um einen

Terminus zu wählen, der Ihnen weniger unangenehm sein mag als ›Mörder‹ –, der Attentäter kann sehr wohl eine Faustwaffe in seiner Tasche gehabt haben. Aber er ergriff eine Gelegenheit, lautlos ans Werk zu gehen. Natürlich zielte er von hinten. Ein prüfender Blick von vorn hätte ihn vielleicht erkennen lassen, daß er den falschen Mann vor sich hatte.«

»Mein lieber Chief Constable, beklagenswert, wie das sein mag, ich bin darüber nicht im mindesten bestürzt. Anschläge auf mein Leben oder auf meine Freiheit sind an der Tagesordnung, und ich treffe die Vorkehrungen, die in meiner Macht stehen.«

»Ausgezeichnet, Sir. Das deckt sich mit meinen Vorstellungen. Ich habe einen angemessenen Straßen-, um nicht zu sagen: Panzerkreuzer angefordert, der Sie zurück nach London in Ihre Botschaft befördern soll oder wo sonst Sie hinwollen. Der Wagen wird innerhalb der nächsten halben Stunde hier sein. Sollten Sie noch Aussagen zu machen haben, bin ich bereit, sie entgegenzunehmen.«

Appleby hatte Pride mit großer Befriedigung zugehört, hielt es aber doch für notwendig, sich einzuschalten.

»Ich stimme selbstverständlich zu, daß der Besitzer von Drool Court gut beraten wäre, wenn er dafür sorgte, daß Seine Exzellenz Emir Hafrait so schnell wie möglich von hier aufbricht. Der Mörder und seine Helfershelfer – mindestens sind sie zu dritt – wissen inzwischen mit Sicherheit, daß sie den falschen Mann getötet haben. Und wir müssen uns eingestehen, daß wir uns in einer außergewöhnlich schwachen Position befinden. Wen oder was auch immer du in die Tasche gesteckt hast, Tommy – das ändert nichts an der Tatsache, daß wir hier in einem auffallend ausgestorbenen Haus sitzen, und zwar im Erdgeschoß in einem Raum mit vier Fenstern und einer Tür. Eine Bombe, die durch eine dieser Öffnungen geworfen wird, kann uns alle auf einen Schlag töten. Und ich weiß, daß deine beiden Leute nicht bewaffnet sind – abgesehen davon, daß sie in der Menge verloren sein werden. Es ist also nicht möglich, dieses ungewöhnlich weiträumige Haus durch Polizeikräfte abriegeln zu lassen.«

»In einer halben Stunde schon, jetzt sofort nicht.« Colonel Pride überdachte kurz das Problem. »Was sollten wir deiner Meinung nach tun?« fragte er schließlich Appleby.

»Eines sollten Sie nicht tun.« Es war der Emir, der die Frage des Colonels aufnahm. »Und zwar sollten Sie mich nicht zu überreden versuchen, Drool Court in einem anderen als in meinem eigenen Wagen zu verlassen.«

»Der im Augenblick auf dem Behelfsparkplatz steht?« fragte Appleby.

»Genau.«

»Und Ihr Fahrer wartet dort?«

»Bedauerlicherweise nein. Der Mann, der getötet wurde, hat mich hergefahren. Aber ich kann sehr wohl selber fahren – die Schlüsselgewalt behalte ich mir immer vor.«

»In dem Fall – und nicht zuletzt, weil Sie den Vorschlag des Chief Constable offenbar für einen unverzeihlichen Fehler halten – kommt nur Ihr eigener Wagen in Frage.«

»Wir schicken einen unserer Männer mit dem Zündschlüssel zum Parkplatz«, sagte Colonel Pride. »Ihr Wagen wird dann sofort vor das Haus gefahren. Sicher CD und mit Fähnchen. Er dürfte nicht zu verfehlen sein.«

»Eben, Tommy, und so weit wollen wir es gar nicht erst kommen lassen. Der Emir muß zum Wagen kommen, nicht umgekehrt. Mohammed muß zum Berg gehen, sozusagen.« Appleby blickte kurz zum Emir hinüber und bemerkte, daß sein kleiner Scherz mit höchstem Mißfallen aufgenommen worden war. »Entschuldigen Sie«, sagte er, »aber ich hoffe, Sie verstehen, was ich meine. Wir müssen Sie zu Ihrem Wagen bringen, und zwar sozusagen unsichtbar, wenn es irgendwie geht. Wären Sie bereit, das Haus als Robin Hood zu verlassen, Exzellenz? Ich beeile mich, hinzuzufügen, daß man überzeugt davon ist, es habe sich bei ihm um einen Angehörigen des englischen Hochadels gehandelt. Der Chief Constable oder ich wäre zwar vorübergehend dem feindlichen Ansturm ziemlich ausgesetzt, aber das fiele kaum ins Gewicht.«

»Das kommt nicht in Frage«, erwiderte der Emir hochmütig. »Ich weise Ihren Vorschlag als unannehmbar zurück.«

»Dann müssen Sie so gehen, wie Sie sind, Exzellenz. Aber wenn Sie mich für zwei Minuten entschuldigen wollen...«

Appleby durchmaß mit langen Schritten die Bibliothek und verschwand durch die Tür, durch die er den Raum betreten hatte. Die vier Gentlemen, die er so unvermutet allein gelassen hatte, kamen kaum dazu, sich von ihrer Überraschung zu erholen, als Appleby auch schon zurückkehrte. Es war Appleby, auch wenn er ein Araberkostüm trug und die Anwesenden durch übergroße dunkle Brillengläser musterte.

»Hoffentlich sehe ich nicht zu überzeugend aus«, sagte er.

»Das kann man wirklich nicht behaupten, John.« Colonel Pride hatte offenbar das Gefühl, der Anlaß erfordere Aufrichtigkeit. »Trotzdem, wie, zum Teufel –«

»Ein vielversprechender junger Mann namens Tibby Fancroft warf sein Kostüm auf dem Flur ab, ehe er sich auf den Weg zu Mr. Chitfield machte, um sich bei ihm zu entschuldigen. Und das paßt mir sehr gut. Aber ich darf nicht zu echt aussehen. Lassen Sie es mich erklären.«

»Vielleicht sollten auch Sie sich entschuldigen«, sagte der Emir eisig. Die Freiheiten, die man sich hier mit seiner Landestracht erlaubte, schienen für ihn ein wunder Punkt zu bleiben.

»Ich sehe es so«, sagte Appleby kurz angebunden. »Die Attentäter kamen sehr früh am Nachmittag dahinter, daß Mr. Chitfield für ein reichhaltiges Angebot an Pseudoscheichs – wie ich mir erlaube, sie zu nennen – gesorgt hatte. Und sie schlossen ganz richtig daraus, daß man die Pseudoscheichs zu dieser Kostümierung überredet hatte, um die Lage unübersichtlich werden zu lassen. Außerdem setzten sie voraus – irrtümlich, wie sich zeigen sollte –, daß der Emir darüber ins Vertrauen gezogen worden war. Also liehen sich drei Attentäter – wir müssen immer in Betracht ziehen, daß es möglicherweise mehr sind – arabische Kostüme aus, die sie bestimmt immer noch tragen. So hergerichtet, glaubten sie, sich frei bewegen zu können. Sie reihten sich in die Schar der Pseudoscheichs ein, die weder der Emir noch die um seine Sicherheit besorgten Männer ernst nahmen. Und hier liegt der kritische Punkt. Da der bedauernswerte Mann, den der Emir mitgebracht hatte, ermordet wurde, ist nun der Emir, wenn wir es so ausdrücken wollen, sui generis übriggeblieben. Und das letzte, was er tun würde, wäre es, sich den

Pseudoscheichs anzuschließen, um mit ihnen plaudernd die Runde zu machen. Seine Feinde halten also Ausschau nach einem Emir, der ganz eindeutig ein Einzelgänger ist. Deshalb werden er und ich jetzt einen gemeinsamen Spaziergang zum Parkplatz machen. Und deshalb lege ich Wert darauf, offenkundig imitiert auszusehen. Und falls Sie bereit wären, Exzellenz, sich auch ein bißchen imitiert zu geben – sagen wir, in entschieden unvornehmer Haltung dahinzuschlurfen –, wäre ich ganz optimistisch, daß wir ohne unerwünschte Zwischenfälle Ihren Wagen erreichen.«

Man hätte meinen können, daß auf diese außergewöhnliche Rede betretenes Schweigen folgen würde. Aber was folgte, war noch außergewöhnlicher. Emir Hafrait amüsierte sich. Er ließ sich sogar zu einem Lachen herab. Richard Chitfield, sichtlich beunruhigt von einem Verhalten, das völlig aus dem Rahmen seiner Erfahrungen mit diesem stolzen Gast fiel, bestaunte das Wunder, als handelte es sich um eine Monstrosität, etwa um ein Kalb mit zwei Köpfen. Colonel Pride sah bloß nachdenklich und zweifelnd drein. Vielleicht überlegte er, wie sich dieses Schelmenstück vor Gericht ausnähme, wenn irgend etwas schiefginge.

»Ein Prinz, der vorgibt, ein Plebejer zu sein, der vorgibt, ein Prinz zu sein«, sagte der Emir. »Der krönende Abschluß dieser unsinnigen Nachmittagsvorstellung. Sir John, ich bin Ihr Mann. Gehen wir.«

Just in diesem Augenblick klopfte es.

Genaugenommen klopfte es dreimal, in Abständen, die eine Ewigkeit zu währen schienen. Unheilvoll tönte es durch den Raum. Colonel Prides Hand bewegte sich zu seiner Robin-Hood-Tasche. Sir John Appleby gab sich kurz der Vorstellung hin, daß das Schicksal, wenn es nicht nur metaphorisch an die Tür klopfen würde, sich auf diese Weise ankündigte. Da aber öffnete sich auch schon die Bibliothekstür, und eine lange Gestalt ganz in Weiß wurde sichtbar. Der Eindringling machte zwei feierliche Schritte vorwärts und streckte dann feierlich einen Arm in die Luft.

»Maleldil zum Gruße«, sagte er mit tiefer Baßstimme.

»Und wer, in drei Teufels Namen, sind Sie?« Mr. Chitfield,

von der unerwarteten Wendung der Dinge etwas überrumpelt, brachte diese brüske Frage nur mühsam hervor.

»Maleldil zum Gruße«, wiederholte der mysteriöse Besucher in noch tieferer Tonlage.

»Maleldil zum Gruße«, sagte Appleby. Ihm war völlig klar, daß es sich hier um einen der Basingstokeschen Druiden handelte – vielleicht gar um den Erzdruiden persönlich, sofern es eine hierarchische Ordnung unter ihnen geben sollte. Und er erinnerte sich jetzt auch des Ordens der Goldenen Morgenröte. Offenbar liehen die Basingstokeschen Druiden sich aus der Literatur aus, was ihnen gerade gefiel. Der Gruß stammte, wie er zufällig wußte, aus einem hochtönenden Weltraumschmöker. Der pure Nachhall brachte ihn wieder auf die Erde zurück.

»Nun, es ist soweit«, sagte der Druide in normalem Umgangston. »Jeder muß in zwanzig Minuten aus dem Haus sein. Wegen der Perlustration. Die können wir nur in einem leeren Haus durchführen – vor allem wegen der Weihwedel. Sie wirken nicht, wenn Uneingeweihte dabei sind.«

»Gehen Sie, gehen Sie auf der Stelle.« Mr. Chitfield bemühte sich redlich, Autorität auszustrahlen. »Wir haben hier Wichtiges zu besprechen und sind an Ihrem Brimborium nicht interessiert. Also verschwinden Sie.«

»Hören Sie, wir haben einen Vertrag mit Ihrer Frau.« Wieder hatte der Druide seinen Ton gewechselt. Diesmal hatte er sich etwas vergriffen. »›Sorgen Sie dafür, daß das Haus geräumt wird‹, hat sie gesagt. Befehl ist Befehl.«

»Also gut.« Mr. Chitfield fügte sich schicksalsergeben. Es war offensichtlich, daß in häuslichen Angelegenheiten – und diese hier betraf schließlich in verschiedener Hinsicht sein Haus – seine Frau das Sagen hatte. »Aber ich war der Meinung, das Ganze solle vor Publikum stattfinden.«

»Draußen, Mister, draußen. Stühle und Bänke werden schon aufgestellt. Die Leute bekommen durch die Fenster unseren Fackelzug zu sehen, anschließend die feierliche Prozession zurück zu unserem Fahrzeug. Mit dem Großen Choral, wohlgemerkt. Der zählt extra.«

»Leisten Sie sich Extratouren, soviel Sie wollen – aber gehen Sie dorthin, wo Sie gefragt sind.«

»Maleldil zum Gruße«, sagte der Druide – und verließ würdevoll die Bibliothek.

»Und jetzt werden wir uns auf den Weg machen«, sagte Appleby energisch. »Nur eines noch, Tommy – was ist mit diesem extravaganten Kostümfest? Läßt du es trotz des Attentats auf den Gefolgsmann des Emirs weitergehen?«

»Ja.« Der Chief Constable nickte nachdrücklich. »Die Leute wissen, daß auf dem Schießplatz etwas passiert ist. Aber ich habe Anweisung gegeben, die Nachricht über den wahren Hintergrund zurückzuhalten. Wenn in der Sache diplomatischer Sprengstoff stecken sollte, ist es vermutlich klüger, sie herunterzuspielen, bis das Außenministerium uns weitere Weisungen gibt.«

»Da hast du sicher recht. In jedem Fall ist eine Menschenmenge, die die Gartenanlagen bevölkert, im Augenblick von Vorteil. Der heikelste Teil unseres Planes kommt zuerst: Wir müssen das Haus verlassen, ohne gesehen zu werden. Wenn einer der Schurken zwei Scheichs durch den Haupteingang aus dem Haus treten sieht, muß er schon sehr dumm sein, wenn er nicht sofort argwöhnisch wird.«

»Dann müssen wir das Haus eben auf anderem Weg verlassen, über den Personaleingang beispielsweise.« Das kam, eher unvermutet, vom Emir persönlich. Irgend etwas an dem bevorstehenden Wagnis schien bei ihm Anklang zu finden. »Mr. Chitfield wird uns bestimmt in den entsprechenden Trakt seines bescheidenen Landsitzes führen.«

Obwohl Mr. Chitfield diese Beschreibung von Drool Court kaum gefallen haben dürfte, erklärte er sich sofort dazu bereit. Er hatte restlos genug von seinem exaltierten Gast, wie wertvoll die geschäftliche Verbindung mit ihm auch sein mochte. Ob Scheich oder Druide, dachte er vielleicht, war gehupft wie gesprungen.

»John«, sagte Colonel Pride unvermittelt, »du solltest das kleine Spielzeug hier mitnehmen. Es ist sicher keine eindrucksvolle Waffe, aber besser als nichts.« Er holte eine ausgesprochen kleine automatische Pistole hervor.

»Nein, Tommy, ich halte das für keine gute Idee.« Appleby schüttelte energisch den Kopf. »Die ganze Angelegenheit ist so ungewöhnlich vielschichtig und undurchsichtig, daß du möglicherweise die Waffe nötiger brauchst als ich. Aber dabei fällt mir etwas ganz anderes ein.« Appleby wandte sich Chitfield zu. »Wo ist eigentlich Ihr Wachmann?« fragte er. »Er könnte sich am Ende doch noch als nützlich erweisen.«

»Nachdem die Sitzung beendet war, habe ich ihn weggeschickt. Ich hatte plötzlich das Gefühl, einen Fehler gemacht zu haben. Als er aufsprang und das verdammte Ding auf Sie und Tibby Fancroft richtete, bekam ich es mit der Angst zu tun. Deshalb habe ich ihm gesagt, er solle verschwinden und mir die Rechnung schicken.«

»Das war eine sehr weise Entscheidung«, meinte der Chief Constable ernst. »Von Schlägertypen, die sich ohne Waffenschein mit Schießprügeln herumtreiben, kann nichts Gutes kommen. Wie die Dinge sich entwickelt haben, hätten wir zugegebenermaßen jetzt Verwendung für ihn gehabt. Aber er soll uns ruhig vom Leibe bleiben.«

»Und wissen Sie, ich dachte ja auch, der Emir würde sofort nach London zurückfahren.« Richard Chitfield brachte diese zusätzliche Erklärung in so anklagendem Ton vor, als sei es von dem Emir ausgesprochen unhöflich gewesen, die Gastfreundschaft seines Geschäftspartners länger als nötig in Anspruch zu nehmen.

»Nun«, sagte Appleby, »er wird sich jetzt auf den Weg machen. Und je eher ich seinen Wagen über die Auffahrt davonfahren sehe, um so wohler wird mir sein. Also, Mr. Chitfield, seien Sie so gut und schaffen Sie uns so unauffällig wie möglich aus dem Haus.«

»Wir sollten nicht durch den Küchentrakt gehen, sondern durchs Gewächshaus und die ganzen Treibhäuser. Sie sind so gesteckt voll mit diesen blödsinnigen Pflanzen, daß man vor lauter Blättern von außen nicht sehen kann, ob jemand drin ist. Am anderen Ende kommt man auf den Hof mit den alten Stallungen. Wenn Sie den durchquert haben, sind Sie wieder mitten im Geschehen.«

Nachdem er auf diese Weise freimütig eingestanden hatte, daß er alles andere als ein leidenschaftlicher Gärtner war, ging Mr. Richard Chitfield allen voran aus der Bibliothek.

XVI

Das Gewächshaus von Drool Court entpuppte sich als enormes, himmelwärts strebendes Unternehmen, das in luftiger Höhe in eine Art Kuppel oder Glassturz mündete und in nachgerade schreiendem Mißverhältnis zum Charakter des Hauses stand. Der Glassturz war von der Krone einer stattlichen Palme ausgefüllt, die aussah, als hätte sie den aussichtslosen Versuch, von diesem Ort zu fliehen, aufgegeben, um nun mit hängendem Kopf dahinzuvegetieren. Emir Hafrait blieb einen Moment stehen, um sie zu betrachten, und sein Gesicht nahm einen Ausdruck an, der ebenso Bedauern wie Amüsement bedeuten konnte – oder eine Mischung aus beidem. Als er sich jedoch wieder Appleby zuwandte, sah er ganz ernst aus.

»Ich frage mich, Sir John«, sagte er, »ob ich mich unter diesen Bedingungen Ihrer Führung hätte anvertrauen dürfen. Sie leben, nehme ich an, im Ruhestand?«

»Ja, das ist richtig.«

»Aber Sie fühlen sich verpflichtet, als Bürger dieses Landes über die öffentliche Sicherheit zu wachen, wie Sie es ausgedrückt haben.«

»Ja. Gehen wir weiter?«

»Nicht sofort, wenn ich bitten darf. Ich muß ganz deutlich machen, daß die Gefahr größer ist, als Sie sich vielleicht vorstellen. Es scheint in höchst unerwünschtem Maße ›durchgesickert‹ zu sein, wie man wohl sagt, daß ich mich heute in Chitfields Haus aufhalten würde. Sie sollten nicht davon ausgehen, daß die Bedrohung allein von drei lächerlich verkleideten Männern herrührt, die vorgeben, zu Chitfields traurigem Häuflein von Pseudoscheichs zu gehören. Ich weiß übrigens die von Ihnen verwendete Bezeichnung zu schätzen, wenn Sie die Bemerkung erlauben.«

»Ich bin Ihnen sehr verbunden, Exzellenz.«

»Es mögen ein Dutzend Männer sein, und keineswegs einander wohlgesonnene, die hier sind, um mich zu töten. Ein Dutzend gedungener Mörder, Sir John, oder ›Killer‹, wie man heute wohl zu sagen pflegt. Daß ich bis jetzt in dieser sicher nicht zu Unrecht als Falle zu bezeichnenden Situation überlebt habe, verdanke ich allein der Tatsache, daß diese Männer, einer wie der andere, feige darauf bedacht sind, zu töten, ohne entdeckt zu werden. Nun überlegen Sie, was Sie und ich hier vorhaben. Wir schlagen uns zu dem leicht zu erkennenden Wagen durch, in dem ich nach Drool gekommen bin. Ist es nicht mehr als wahrscheinlich, daß ein geübter Scharfschütze ihn in ebendiesem Augenblick im Visier hat?«

»Daran habe ich auch schon gedacht. Vorsicht, Stufe.« Appleby war es gelungen, diesen redseligen Potentaten wieder in Marsch zu setzen; sie gelangten vom großen Gewächshaus in eine Reihe miteinander verbundener Treibhäuser. »Ich muß dazu erklären, daß Colonel Pride, der Chief Constable, ein alter Freund von mir ist und ein noch älterer Freund meiner Frau. Aus einem wahrhaft unerfindlichen Grund ist er völlig unzureichend über Ihre Lage unterrichtet worden. Und was mich angeht, so habe ich einfach beschlossen, ihm dabei zu helfen, Sie unversehrt in die Stadt zurückzuschaffen. Ah! Wir sind wieder an der frischen Luft und befinden uns vermutlich auf dem Hof mit den Stallungen. Und kein einziges Pferd – nur ein Range Rover, der mir komischerweise irgendwie bekannt vorkommt.«

»Oxford University, Institut für Herpetologie«, las der Emir vor.

»Ja, natürlich. Ich kenne den Besitzer des Wagens – das heißt, ich habe ein paar Worte mit ihm gewechselt. Und er könnte uns durchaus von Nutzen sein. Aber warum er hierhergefahren ist, weiß ich auch nicht zu sagen. Er sammelt Schlangen.«

»Schlangen?« Der Emir war völlig verwirrt. »Richtige Schlangen?«

»Ja. Es gibt sie auch in England, aber nur wenige sind gefährlich. Der Mann sammelt sie zu wissenschaftlichen Zwecken für das Universitätsinstitut. Aber bahnen wir uns jetzt einen Weg zum Parkplatz. Und darf ich daran erinnern, Exzellenz, zu schlurfen. Wenn Sie außerdem ein- oder zweimal über die eigenen Füße stolpern könnten, um so besser.«

Diesmal schien Emir Hafrait nicht zu wissen, ob er amüsiert oder gereizt reagieren sollte. Er war es offenbar nicht gewohnt, daß sich jemand, und sei es noch so vorsichtig, über ihn lustig machte. Aber er bewegte sich bereitwillig vorwärts, und als er schließlich redete, klang er recht freundlich. »Mein lieber Sir John, mir gefällt das hier überhaupt nicht, obwohl die Idee mich zum Lachen gebracht hat, als Sie sie vortrugen. Mit einem meiner Landsleute wäre das etwas anderes. Wir haben so etwas wie einen gemeinsamen Ehrenkodex und verstehen, was in dem anderen vorgeht. Aber eine bedeutende Persönlichkeit in meinem Gastland in Gefahr zu bringen widerstrebt mir. Ich würde lieber allein weitergehen.«

»Und mich beschämt zurücklassen? Mit meinem Rat habe ich sozusagen auch mein Wort gegeben. Ich würde es brechen, wenn ich mich jetzt zurückzöge.«

»Ein unwiderlegbares Argument, Sir John. Und es gibt schlechtere Möglichkeiten, denke ich, als diese seltsame Episode, die wir Leben nennen, in Gesellschaft eines englischen Gentleman zu beenden. Dabei fällt mir ein, daß wir einander noch nicht die Hände gereicht haben. Darf ich das jetzt nachholen?«

Also schüttelten sich Emir Hafrait und Sir John Appleby feierlich die Hände, ehe sie sich in den Trubel des Chitfieldschen Mummenschanzes stürzten.

XVII

Appleby überblickte die Szene und gewann den Eindruck, daß das windige Unternehmen inzwischen wider Erwarten zu einem richtigen Erfolg geworden war. Er hatte damit gerechnet, daß das Überangebot an Attraktionen ermüdend und die Kostüme auf die Dauer lästig, wenn nicht sogar peinlich werden würden. Dies hätte zur Folge gehabt, daß man allgemein der Ansicht gewesen wäre, man hätte genug für sein Geld gehabt und könne nun getrost nach Hause gehen. Aber die Gäste strömten noch nicht dem provisorischen Parkplatz am Rand jenes Parks von Drool Court zu, der sich seinerseits in dem ausgedehnten Waldgebiet verlor, in dem Appleby tags zuvor der untröstlichen jüngeren Tochter von Richard Chitfield begegnet war. Die Militärkapelle auf der Terrasse hinter der Hausecke war zwar nicht zu sehen, aber es war unüberhörbar, daß die Musiker nicht in ihrem Bemühen erlahmten, für die musikalische Unterhaltung der Gäste zu sorgen.

Gleichermaßen unbeirrbar bewegten sich unzählige bunt kostümierte Gäste über die Rasenflächen und verwandelten sie in ein riesiges wogendes Blumenbeet. Der einzige sichtbare Scheich – Pseudo- oder sonstwie – war der bei Festbeginn so ausgedörrte Mr. Pring. Er plauderte eindeutig respektvoll mit Zettel, dem Textillöwen. Zettel hatte sich immerhin so weit entspannt, daß er seinen Eselskopf abgenommen hatte. Aber trennen mochte er sich offenbar nicht von ihm, denn er trug ihn unter dem Arm und erweckte die Vorstellung von einem Monster, das wundersamerweise seine Enthauptung überlebt hatte und sich nun auf dem Weg zum Atelier eines auf derlei Wunder spezialisierten Malers befand, um der Nachwelt diese verblüffende Leistung in Öl zu überliefern. Hinter den beiden in ihre Unterhaltung vertieften Männern war der Heißluftballon zu sehen, der an seiner Verankerung zerrte und an eine helle Wolke oder, dem übernatürlichen Ereignis entsprechend, an einen himmlischen Glorienschein erinnerte.

»Wir müssen ungefähr zweihundert Meter zurücklegen«, sagte Appleby zum Emir. »Die ersten hundert sind wir unter Leuten. Danach werden wir sichtbar auf uns selbst gestellt sein. Auf dem Parkplatz befindet sich anscheinend kein Mensch, und ich kann auch niemanden entdecken, der dorthin unterwegs ist.«

»Aber steht am anderen Ende nicht ein Polizeiwagen?« Der Emir überblickte das Gelände mit gespannter Aufmerksamkeit. »Offenbar ein Streifenwagen, und mit einem Beamten besetzt, wenn ich richtig sehe.«

»Das tun Sie, Exzellenz – und der Mann steht in Funkverbindung mit der Außenwelt. Aber er ist sicher nicht bewaffnet, und ich glaube nicht, daß wir unsere Chancen verbessern, indem wir bei ihm Zuflucht suchen. Abgesehen davon liegt der Parkplatz erheblich tiefer als unser Standort hier. Wir haben also einen besseren Überblick als der Beamte. Können Sie mir Ihren Wagen zeigen?« Appleby hielt kurz inne. »Aber nicht zu auffällig, Exzellenz. Vergessen Sie nicht

– wir sind zwei lustwandelnde Pseudoscheichs. Vielleicht sind wir an Autos interessiert und schlendern deshalb in Richtung Parkplatz. Zielstrebig loszumarschieren würde uns schlecht bekommen.«

»Richtig. Mein Wagen ist der graue Rolls-Royce dort ungefähr in der Mitte des Parkplatzes. Sie erkennen mit Sicherheit auch das, was Colonel Pride als Fähnchen bezeichnete, Sir John.«

»Ja, ich sehe es.« Appleby blieb nicht verborgen, daß auch Nationalflaggen zu den Dingen gehörten, auf die der Emir empfindlich reagierte. »Die Wagentüren sind selbstverständlich abgeschlossen, oder?«

»Die Türen meines Wagens? Ja, ich denke schon. Es ist aber nur eine Vermutung. Ich meine, ich habe nicht mit eigenen Augen gesehen, wie mein bedauernswerter Landsmann sie abgeschlossen hat.«

»Aber Sie haben einen Schlüssel für die Türen und die Zündung?«

»Natürlich.« Der Emir furchte majestätisch die Stirn, während er sich redlich bemühte, wie ein Plebejer vorwärtszuschlurfen. »Ist Ihnen schon die Idee gekommen, Sir John, daß der Feind, falls er den Parkplatz von einem günstigen Punkt aus einsieht, mit großer Wahrscheinlichkeit die wahren Absichten unseres Unternehmens durchschaut, sobald er zwei verkleidete Scheichs auf den Wagen eines echten Scheichs zugehen sieht?«

»Und ob.« Jetzt furchte Appleby die Stirn. Die beiden Männer hatten sich aus der Menge gelöst – was sie wenigstens der Notwendigkeit enthob, gute Miene zum bösen Spiel zu machen. »Mein Plan ist, daß wir im entscheidenden Moment einen Haken schlagen. Wir werden bei diesem und jenem Wagen mit Kennermiene haltmachen. Wenn wir zu Ihrem Rolls-Royce kommen, entriegeln Sie blitzschnell die Tür, springen hinein, starten den Motor und sehen, was das Fahrzeug hergibt.«

»Und fahren Sie auch mit, Sir John?«

»Liebe Zeit, nein. Niemand riskiert es, festgenommen zu werden, bloß um der Befriedigung willen, einen pensionierten Polizisten meuchlings ermordet zu haben. Außerdem bleiben ein oder zwei Dinge auf Drool, die meine Neugierde geweckt haben. Ich werde also hinter Ihnen herwinken und dann zum Haus zurückkehren, um nach dem Rechten zu sehen. Aber es wird Zeit für uns. Machen wir unseren ersten Halt bei dem kleinen Flitzer.«

Sie blieben wiederholt stehen und spielten weiterhin Theater. Es war ein Zeitvertreib, den Leute, die Emir Hafrait kannten, ihm nie zugetraut hätten. Und dann war der Augenblick gekommen. Der Rolls stand vor ihnen.

»Nicht verriegelt.« Der Emir streckte seine Hand zum Türgriff auf der Fahrerseite aus. »Also dann –«

»Halt!« Wohl selten in seinem Leben hatte Appleby mehr Dringlichkeit in einen Befehl gelegt. »Schlendern Sie weiter.«

Genauso selten in seinem Leben vermutlich hatte Emir Hafrait derart widerspruchslos gehorcht. Er warf sogar einen wohlwollenden Blick auf Appleby.

»Sie haben Ihren Plan geändert, Sir John?« fragte er.

»So ist es. Daß der Wagen die ganze Zeit unverschlossen und folglich für jedermann zugänglich war, verändert die Sachlage vollkommen. Irgend jemand kann unbeobachtet hineingeschlüpft sein und eine kleine Erinnerung an seinen Besuch hinterlassen haben. Und ich war ein Idiot, nicht daran zu denken. Hätten Sie den Zündschlüssel gedreht, hätten Sie vielleicht mehr als nur den Motor in Gang gesetzt.«

»Wie wahr!« Der Emir blieb gelassen. »Vielleicht das, was man eine Höllenmaschine nennt oder zu nennen pflegte. Wir müssen uns etwas anderes einfallen lassen, mein Bester.«

»Sie sagen es ... Und Sie für Ihr Teil müssen, wenn ich mir die Bemerkung erlauben darf, Ihren Entschluß überdenken, in aller Würde im eigenen Wagen nach London zu fahren. Wir werden jetzt weiter zum Streifenwagen spazieren. Der Polizeibeamte muß unverzüglich mit Ihnen abfahren. Ich bin recht bekannt in der Gegend hier, er wird sich kaum meiner Anweisung widersetzen. Sind Sie einverstanden?«

»Ja.« Emir Hafrait begleitete seine Antwort mit einem Neigen des Hauptes, das einem Scheich Pringscher Provenienz mit Sicherheit nicht gelungen wäre.

Sie gingen eine Zeitlang schweigend nebeneinander her, bis sie den Streifenwagen vor sich hatten.

»Es scheint«, sagte der Emir, »als sei das Glück uns nicht hold.«

»In der Tat.« Appleby warf einen flüchtigen Blick in den leeren Wagen. »Der Bursche wird fortgerufen worden sein – wahrscheinlich über sein Walkie-talkie. Und sein Wagen ist bestimmt verschlossen. Es ist Vorschrift, den Wagen zu sichern, auch wenn man ihn nur für fünf Minuten verläßt.«

»Vielleicht hat er eine Meldung von einer Polizeistation oder sonstwoher bekommen und überbringt sie jetzt Colonel Pride in Chitfields Haus?«

»Durchaus vorstellbar. Am besten kehren auch wir zum Haus zurück.«

»Und nehmen an der sogenannten Perlustration teil?«

»Dafür dürfte es noch zu früh sein. Wobei ich hinzufügen möchte, daß mir diese Basingstokeschen Druiden nicht ganz geheuer sind. Wie Chitfields Frau an diese Leute geraten konnte, wird mir ein ewiges Rätsel bleiben. Schauen wir uns noch ein, zwei Wagen an und gehen dann denselben Weg zurück.«

»Ich stehe Ihnen zur Verfügung, Sir John«, sagte der Emir hoheitsvoll, während er in Pringscher Gangart dahinschlurfte. »Ich bewundere die englische Polizei außerordentlich«, fuhr er fort. »Nichts bringt sie aus der Fassung – und der Gedanke an Waffengewalt ist offenbar das letzte, was ihr in den Sinn käme.«

»Genau, Exzellenz.« Appleby amüsierte sich über die versteckte Kritik. »Und sie schätzt es, während des Dienstes nichts zu dramatisieren. Von Anfang an hat Pride zwei Männer in Zivil auf dem Gelände gehabt, die die Augen offenhalten sollten. Aber gewiß sind sie nicht bewaffnet. Jetzt hat er Verstärkung angefordert – die aus etwa einem Dutzend uniformierter Männer besteht, mit schätzungsweise zwei, drei zuverlässigen Scharfschützen darunter. Als letzten Ausweg gibt es natürlich immer noch die bewaffneten Streitkräfte der Krone.«

»Die nur unter dem Oberbefehl des Premierministers eingesetzt werden können?«

»Oh, Exzellenz, das ist ein weites Feld. Ich neige zu der Ansicht, daß der Lord Lieutenant der Grafschaft oder zur

Not sogar schon der High Sheriff die Truppen in Marsch setzen kann.«

Mit diesem Geplänkel, das der Emir als ungeahnte Form der Unterhaltung offenbar zu schätzen begann, hatten die beiden Männer den Weg zu den Stallungen zurückgelegt. Der Range Rover stand noch immer im Hof. Aber jetzt war auch sein Besitzer da.

Es schien Appleby angebracht, den emsigen Schlangenfänger zu begrüßen. »Guten Tag«, sagte er, »ich hoffe, Sie hatten Jagdglück.«

»Guten Tag. Danke, ja. Ich hatte Glück. Aber wieso –?« Im ersten Moment schien der Schlangenfänger nichts anfangen zu können mit der Bemerkung dieses Fremden, der noch dazu so befremdlich gekleidet war. Aber dann erinnerte er sich. »Natürlich, wir haben gestern nachmittag ein paar Worte gewechselt, Sir, war es nicht so? Mein Name ist Gillam. Hier scheint ein Kostümfest mit breitgefächertem Angebot stattzufinden. Und Sie gehen wohl im Partnerlook.«

»Mein Name ist Appleby. Was Sie mutmaßen, trifft zwar zum Teil zu – von meinem Begleiter läßt sich jedoch sagen, daß er seine ganz normale Kleidung trägt. Darf ich Sie mit Emir Hafrait bekannt machen?«

»Sehr erfreut.« Es schien nicht so, als sei Gillam von dem wunderlichen Zusammentreffen beeindruckt, ebensowenig wie von der Tatsache, daß der Emir sich sehr förmlich vor ihm verbeugt hatte. »Ich habe auf Mr. Chitfields Grund eine ganze Menge erbeutet«, sagte er. »Aber wir sind einander noch nicht begegnet, weil ich seine Erlaubnis seinerzeit schriftlich eingeholt hatte. Da dachte ich mir, ein Höflichkeitsbesuch sei angebracht, ehe ich nach Oxford zurückkehre, und fuhr hierher. Doch dieser Mordsklamauk hat mich umgestimmt – ich würde allenfalls stören. Ein Dankesbrief von Oxford aus scheint mir den Verhältnissen angemessener, finden Sie nicht auch?«

»Unter den gegebenen Umständen, ja.« Appleby hatte seine dunkle Brille abgenommen und sah aus, als amüsiere ihn diese Bitte um Zustimmung. »Man könnte heute nachmittag schon von Mr. Chitfield sagen, er sei ein Mann, der alle

Hände voll zu tun hat. Es geht um irgendein gutes Werk«, Appleby warf dem Emir einen raschen Blick zu, »oder jedenfalls im großen und ganzen.«

»Immerhin habe ich mein Scherflein dazu beigetragen«, sagte Gillam. »Ich mußte eine Eintrittskarte am Haupttor kaufen. Anschließend bin ich hierher gefahren, weil Schlangen keinen Lärm mögen. Er macht sie nervös. Sind empfindsame Geschöpfe, wissen Sie.«

»Äußerst interessant.« Appleby fand, daß der Emir auf seine Weise auch ein empfindsames Geschöpf sei, und fragte sich, ob er trotzdem überredet werden könnte, mit Ringel- und anderen Nattern die Fahrt aus der Gefahrenzone anzutreten. Während er noch darüber nachdachte, redete Mr. Gillam (oder Dr. Gillam oder Professor Gillam) schon wieder weiter.

»Dann werde ich also den Rückweg antreten. Es gibt offenbar nur eine Zufahrt zu Chitfields Besitz. Nach allem, was ich von ihm gehört habe, hätte ich ohnehin mehr erwartet. Und ausgerechnet an einem Nachmittag wie heute buddeln sie an der Zufahrt herum. Vielleicht handelt es sich um einen Rohrbruch oder Stromleitungsschaden. Ein kleines Loch. Einer der Kerle winkte mich vorbei. Naja, wenn ich schon Eintritt bezahlt habe, kann ich mir die Schau doch mal kurz ansehen.«

»Keine schlechte Idee«, sagte Appleby. »Der Entsatz von Mafeking muß jeden Augenblick beginnen. Sie brauchen nur dem Lärm zu folgen.«

»Höchst amüsant. Die Pfadfinder wollen wohl auch mal auf die Pauke hauen. Aber erst muß ich hier alles dichtmachen.« Gillam deutete auf den Range Rover. »Wäre peinlich, wenn ein paar von den kleinen Schlingeln sich unters Volk mischten.«

»Vornehmlich die Damen gerieten in Panik«, sagte der Emir unerwartet. »Manche Frauen haben eine ganz unsinnige Angst vor Schlangen. Nun, wenigstens haben Sie in Oxford keine Frauen, die von den Reptilien aus der Fassung gebracht werden könnten.«

In diesem Rückstand von hundert Jahren entließ der sonst so gut informierte Emir Hafrait den Herpetologen mit einer höflichen Verbeugung, ehe er mit Appleby den Weg durch die Treibhäuser nahm.

XVIII

In dem großen Gewächshaus, im Schatten der in die Höhe ragenden Palme, stießen Appleby und der Emir auf Colonel Pride. Der Chief Constable befand sich in Gesellschaft eines uniformierten Polizisten – vermutlich jenes Beamten, der für den Streifenwagen verantwortlich war und der in direktem Funkkontakt mit den im Namen von Recht und Ordnung anrückenden Einheiten stand. Der Polizist hätte (wie alle Figuranten in Thrillern) als stumpfsinnig beschrieben werden können. Colonel Pride seinerseits verriet eine gewisse Gereiztheit – eine Gereiztheit allerdings, die, als sein Blick auf den Emir fiel, fast an Feindseligkeit grenzte.

»Hat sich der Rolls-Royce in Luft aufgelöst?« fragte er.

»Nein, Tommy, noch nicht. Aber der Wagen war unverschlossen und zeitweise völlig unbeobachtet. Es bestand also durchaus die Gefahr, daß jemand Anstalten getroffen hat, ihn in die Luft zu jagen.«

»Und warum hast du ihn dann nicht zu deinem eigenen Wagen gescheucht?« Der Chief Constable fand seine Ausdrucksweise offensichtlich nicht unhöflich. Falls der Emir gekränkt war, ließ er es sich nicht anmerken. Vielleicht war er mit den Gedanken auch ganz woanders. »Gab's wieder was zu meckern?« fragte Pride weiter.

»Das wäre nicht auszuschließen gewesen. Aber ich bin mit Judiths Fiat hier. In den kann sich kein Wurm verkriechen, geschweige denn ein Adler. Und wie es der Zufall will, habe ich einen Hinweis erhalten, daß die Luft auch andernorts nicht ganz rein sein soll. Lunte auf der Zufahrt. Der Tatbestand ist durch einen ahnungslosen Herpetologen aus Oxford verbürgt.«

»Einen was? Ach, vergiß es. Wie gehen wir weiter vor?«

»Indem wir jedes Blutvergießen vermeiden. Das Risiko ist nicht sehr groß, aber wir sollten trotzdem vorsichtig sein. Deine Männer sind auf dem Weg hierher?«

»Selbstverständlich. Mehrere vollbesetzte Streifenwagen.«

»Sie müssen sofort angehalten werden.« Appleby nahm sich das Recht heraus, den Polizisten zu fragen: »Können Sie das veranlassen?«

»Jawohl, Sir.« Der Polizist klopfte bekräftigend auf den kleinen Apparat an seiner Brust. »Wie lautet der Befehl?«

»Die Leute sollen sofort anhalten und die Wagen am Straßenrand abstellen. Ein paar Männer sollen so lange die Zufahrt für den Verkehr sperren, bis die Straßendecke sorgfältig überprüft ist und feststeht, daß keine Sprengstoffallen gelegt wurden. Die übrigen Beamten sollen sich dem Haus zu Fuß durch den Wald und den Park nähern.«

»Sehr wohl, Sir.« Der Polizist warf einen vorsichtigen Blick auf seinen Vorgesetzten. Pride nickte bestätigend.

»Darf ich mir eine kritische Bemerkung erlauben?« fragte Emir Hafrait in entsprechend ironischem Ton. »Die Art und Weise, wie dieses mörderische Unternehmen eskaliert, ist nichts Neues für mich. Erst mein Wagen, dann, um ganz sicher zu gehen, die Zufahrt, die ich in meinem oder einem anderen Wagen passieren müßte. Aber ich glaube nicht, daß meine Widersacher eine beliebige Zahl von Polizisten in die Luft jagen. Sie haben einen ausgeprägten Sinn für Maß und Ziel. Sollten wir jetzt nicht endlich ins Haus zurückkehren zu dem guten Chitfield und unserem verehrten Professor?«

»Mir scheint, das wäre das Beste für Sie, Exzellenz, und Colonel Pride«, sagte Appleby. »Ich für mein Teil möchte mich noch einmal ein bißchen draußen umsehen.«

»Warum solltest du das tun, John?« Der Chief Constable klang einigermaßen beunruhigt. »Am besten, wir bleiben zusammen, finde ich.«

»Ich bin gleich wieder bei euch – und den Druiden. Ich kann's kaum erwarten, sie wiederzusehen. Aber zunächst muß ich ein paar Vorkehrungen treffen.« Appleby verabschiedete sich mit einem leichten Nicken.

»Ein verrückter Kerl«, sagte Colonel Pride. »Manchmal verteufelt undurchsichtig. Aber auf seinen Riecher kann man sich verlassen. Scharfsinnig – ausgesprochen scharfsinnig, dieser Appleby. Und das trotz der vielen Jahre, die er bei Scotland Yard hinter dem Schreibtisch verbracht hat. Schon bemerkenswert.«

»Ihr Lob, mein lieber Colonel, überrascht mich nicht. Ich habe ebenfalls beachtliches Vertrauen zu Ihrem Kollegen. Ich frage mich schon die ganze Zeit, ob er – nachdem er hier in

England aus dem Dienst ausgeschieden ist – eine Tätigkeit in einem anderen Land in Erwägung ziehen würde.«

»Das kann ich wirklich nicht sagen.« Colonel Pride musterte leicht irritiert den Mann, der in seinen Augen ein höchst unwillkommener Gast war. »Vielleicht lohnt es sich, ihn zu fragen. Er hat eine Frau mit einem wunderschönen kleinen Besitz und ist frei von Geldsorgen. Aber Probieren geht über Studieren.«

Der Chief Constable hatte das Gefühl, auf diese wunderliche Frage zufriedenstellend geantwortet zu haben. Die Vorstellung, daß Appleby in irgendeinem entfernten Winkel der Erde eine Handvoll Schurken auf eine andere hetzen sollte, amüsierte ihn enorm. Aber dann wies er verbindlich in Richtung Haus, und beide wichen auf halbwegs sicheren Boden aus, indem sie zur Bibliothek zurückkehrten.

John Appleby, der einsame Scheich, stellte fest, daß ihm die Entwicklung der Dinge gründlich mißfiel. Nicht, daß er den Überblick über die erforderlichen Schritte verloren hätte. Emir Hafrait mußte so oder so möglichst schnell von Drool Court entfernt werden. Aber die ganze Situation war einfach vertrackt – er kam an die Kernfrage nicht heran, und das war ganz und gar nicht nach seinem Geschmack. Tatsache war, daß an erster Stelle einige weniger wichtige Fragen gelöst werden mußten. Wie, beispielsweise, paßten die Basingstokeschen Druiden ins Geschehen – wenn überhaupt? Waren sie dem Gegner zuzurechnen? Hinter der Sache steckte ein dicker Schwindel, was nur einer arglosen Person wie Mrs. Chitfield, ihrer Gönnerin auf Drool Court, entgehen konnte. Sollten sie wirklich an dem Komplott gegen Hafrait beteiligt sein, dann war es auf ein wildes Schlachtgetümmel angelegt.

Während Appleby sich diese Möglichkeit durch den Kopf gehen ließ, bemerkte er, daß die Druiden gerade die letzten Vorbereitungen für ihre Schlußrunde trafen: die feierliche Perlustration von Drool Court. Zwei Stuhlreihen waren vor dem Haus in einem Halbkreis für jene Gäste aufgestellt worden, die die Zeremonie lieber durchsitzen als durchstehen wollten, und in einiger Entfernung hatte man mit einem Seil einen Weg abgesperrt. Er führte zu einem recht prosaischen Bus, der offenbar darauf wartete, die Zelebranten nach Basingstoke zurückzubringen. Appleby erinnerte sich daran, daß bis zum Beginn der Feierlichkeiten alle das Haus verlassen haben mußten, und fragte sich, ob Mr. Chitfield unter den besonderen Umständen ein Machtwort sprechen würde. Im Augenblick hatte er vermutlich mit Emir Hafrait und Professor McIlwraith in der Bibliothek Zuflucht gesucht, wo ihnen vielleicht schon der Boden unter den Füßen brannte. Appleby wollte zu ihnen zurückkehren, sobald es der Stand der Dinge erlaubte. Ohne also Zeit zu verlieren, machte er sich auf die Suche nach seinem neuen Bekannten, dem Oxforder Herpetologen.

»Ja, gewiß – ich verstehe«, sagte der Herpetologe. »Ich begreife, in welcher Lage Sie sind, und habe kaum Zweifel, daß die Aktion den gewünschten Effekt hätte. Aber ich muß sagen, daß es mir in hohem Maße widerstrebt, auf Ihre Bitte einzugehen. Ich würde in Oxford lediglich mit einer ziemlich unglaubwürdigen Schauergeschichte dastehen. Nein, bedaure Mr. ... oh, leider habe ich Ihren Namen nicht verstanden.«

»Appleby. John Appleby.«

»Gott im Himmel!« Der Herpetologe (dessen Name, wie wir wissen, Gillam war) machte aus seiner Überraschung keinen Hehl. »Sir John Appleby! Ihr Name ist bei uns Legende! Im Lehrerzimmer, genauer gesagt. Aber vielleicht auch bei den Studenten. Der Anlaß dafür liegt vor meiner Zeit, aber die Geschichte macht auch heute noch die Runde. Ich meine die Aufklärung des Mordes an dem damaligen Rektor, der in seiner Amtswohnung unter mysteriösen Umständen zu Tode gekommen war. Ja, ja – unser bedauernswerter Josiah Umpleby. Ich habe ihn natürlich nicht mehr erlebt. Der Fall muß viele Jahre zurückliegen.«

»Er ereignete sich neunzehnhundertsechsunddreißig, Dr. Gillam.«

»Du liebe Zeit! Ist das schon so lange her? Aber auch wenn es tausendsechsundsechzig gewesen wäre, würden wir immer noch darüber reden. Daß ich Ihnen uneingeschränkt zur Verfügung stehe, muß ich wohl nicht extra betonen.«

Während er sein nächstes Ziel ansteuerte, sann Appleby über die Nützlichkeit des nichtigen Ruhms nach, und schon war das Glück ihm wieder gewogen. Im Gras von Mr. Chitfields Theater hockte ein rundes Dutzend Jungen, denen man auf den ersten Blick ansah, daß sie schlechte Laune hatten. Sie steckten ziemlich anachronistisch in Feldblusen, und neben ihnen standen in bewährter Dreisamkeit die Büchsen; vermutlich hatten sie damit die Streitmacht der Buren in Schach gehalten, die entschlossen war, die legendäre Stadt in Betschuanaland zu erobern. Einzig William Birch-Blackie, alias Colonel Baden-Powell, war auf den Beinen und benutzte sie zu einer Art düsteren Postengangs vor seinen Kameraden.

»Hallo, William«, sagte Appleby betont forsch, »alles zur Zufriedenheit gelaufen? War Mafeking zum Schluß entsetzt?«

»Ja und nein.« Der Held des Burenkrieges hatte den Freund des Vaters zuletzt als Robin Hood verkleidet gesehen und das für dämlich genug gehalten. Daß der alte Knacker jetzt auf die Idee gekommen war, als eine Art Kameltreiber zu gehen, tat ihm schon fast leid. William war noch immer mit dem Nachmittag unzufrieden, wie seine nächste Bemerkung erkennen ließ. »Die Belagerung war so was von zahm – nicht zu fassen. Richtig was für Babys. Nicht ein Schuß wurde abgegeben. Wir sind alle stinksauer.«

»Das tut mir leid. Keine blaue Bohne in der Büchse?«

»Natürlich hatten wir Munition bekommen. Zwei Streifen Platzpatronen pro Mann. Aber dann kam von Mr. Chitfield die Anweisung, daß nicht geschossen werden dürfe, weil das die Damen umhauen könnte.«

»Und was war mit den Bajonetten, William?«

»Wir haben sie natürlich aufgepflanzt und so die Sache geschmissen. Wir können damit umgehen – so was lernt man im ersten Jahr in der Combined Cadet Force. Ein aufgepflanztes Bajonett ist, verdammt noch mal, viel gefährlicher als eine Platzpatrone, das können Sie mir glauben.«

»Gewiß, gewiß.« Appleby nickte weise. »Übrigens möchte ich etwas vorschlagen, das weniger zahm sein wird als euer Entsatz.«

»Mir oder uns allen?«

»Der ganzen Gruppe. Es geht um eine echte paramilitärische Operation.«

Applebys Worte bewirkten, daß Master William Birch-Blackie ihn eine geraume Weile abschätzend musterte. Aber schließlich drehte er sich um und gab einen Befehl.

»Sprung auf, marsch, marsch!« brüllte er. »Eins zwei, eins zwei!«

Und so kam es, daß Sir John Appleby einen Augenblick später wundervolle, höchst verblüffende Worte von sich gab. Die gerade im Theater gespielte Belagerung von Mafeking sei ein Scheinerfolg und mit Sicherheit furchtbar langweilig für alle Beteiligten gewesen. Aber sie sei, genau betrachtet, eine gespielte Belagerung innerhalb einer echten Belagerung gewesen. Er spare sich Einzelheiten, da die Zeit dränge. In groben Zügen gehe es darum, daß eine bedeutende Persönlichkeit (bedeutend genug, gab Appleby beiläufig zu verstehen, um die Dienste des pensionierten Polizeichefs von London in Anspruch zu nehmen), daß also diese bedeutende Persönlicheit auf Drool Court eindeutig einem Belagerungszustand ausgesetzt sei. Ihr müsse zur Flucht verholfen werden – und hier ergebe sich die Rolle, die William Birch-Blackie und seine tapferen Kameraden übernehmen könnten. Appleby verweilte bei diesem Punkt noch etwas länger. Als er geendet hatte, stellte William nur eine einzige kurze Frage.

»Wenn Sie mit der Pfeife das Signal geben, Sir?«

»Genau dann. Ich leihe mir eine von einem Bobby aus. Wie man darauf pfeift, weiß ich, ich war selber mal einer.«

»Alles klar.«

»Also, immer daran denken«, sagte Appleby feierlich, »jeder Soldat trägt den Marschallstab im Tornister.«

Abgesehen von dieser im Schnellverfahren rekrutierten Elitetruppe befand sich niemand mehr in der Nähe des Theaters. Der Heißluftballon, der einer auf den Stiel gestellten Riesenbirne glich, war immer noch fest verankert und wurde inzwischen nur noch von einer Handvoll Festteilnehmer mit mäßiger Aufmerksamkeit betrachtet. Das allgemeine Interesse konzentrierte sich auf das Herrenhaus. Appleby beobachtete die Szene aus gebührender Distanz und stellte fest, daß alle

Sitzplätze vor dem Haus besetzt waren und ein ansehnlicher Teil der Gäste sich hinter den Stühlen aufgebaut hatte. Recht so. Die Menge, die sich auf das aus dem üblichen Rahmen fallende Spektakel eingestellt hatte, würde sich sicher nicht gerade jetzt verabschieden und nach Hause fahren wollen. Somit wären die Polizisten, die die Zufahrt wahrscheinlich noch zum Sperrgebiet erklärt hatten, nicht überfordert. Und eine kleine Menschenansammlung in unmittelbarer Nähe des Hauses kam ihm ausgesprochen entgegen.

Energisch steuerte Appleby jetzt den Heißluftballon an, vergaß dabei aber nicht, sich eher wie ein ziellos durchs Leben treibender Pseudoscheich zu gebärden. Am Ziel angekommen, fand er sofort seinen Eindruck bestätigt, daß der Ballon – mindestens im metaphorischen Sinn – einen schlechten Start gehabt hatte. Der Ballonfahrer, der am frühen Nachmittag noch wie ein Aeronaut auf wissenschaftlicher Mission im Weltall ausstaffiert gewesen war, hatte sich dieser aufwendigen Montur entledigt und lehnte lässig an dem Korb, in dem er zum jetzigen Zeitpunkt eigentlich meilenweit von Drool entfernt hätte durch die Luft schweben sollen. Er war ein kleiner, dunkler Mann, dem man auf den ersten Blick seine einfache Herkunft ansah. Und ebenso schnell sah man ihm an – wenigstens als pensionierter Polizist –, daß er sich in einem Zustand der Trunkenheit befand, der ihn durchaus in Konflikt mit dem Gesetz hätte bringen können, wenn sein Fahrzeug dazu gedacht gewesen wäre, sich auf festem Boden fortzubewegen. Vielleicht hatte eine unvorhergesehene Startverzögerung ihn zu viele Abstecher zu Mr. Chitfields Bar machen lassen.

Für Appleby war dieser Tatbestand einigermaßen entmutigend. Ein Betrunkener in der Luft war möglicherweise genauso gefährlich wie ein Betrunkener auf der Autobahn. Andererseits würde er in dieser Verfassung vielleicht weniger kritisch auf den Vorschlag reagieren, den ihm Appleby nun unterbreiten wollte.

»Guten Tag«, sagte er. »Dem Kostümzwang konnte sich wohl niemand entziehen. Ich wünschte, ich könnte meine Kluft auch so einfach loswerden wie Sie offenbar Ihre. Aber ich habe mich so verkleidet, um einen Freund zum Narren zu halten. Er ist ein echter Scheich, der Herrscher eines sagenhaft reichen Staates im Nahen Osten.«

»Dieses Pack kann mir gestohlen bleiben.« Der Ballonmann musterte Appleby mit kaum verhüllter Abneigung.

»Er interessiert sich sehr für das Ballonfahren. Wie sehen Sie das eigentlich: Sind Sie hier auf Drool Court als Amateur oder als Profi?«

»Ich bin kein gottverdammtes Taxi, wenn Sie das meinen.«

»Darauf wollte ich hinaus. Dann muß es ein Privatunternehmen sein, will sagen, ein Verleih von Transportmittel plus Fahrer.«

»Witzbold!« Der Ballonmann war wütend. »Der Job ist öde genug. Eigentlich hätte ich über diesem verdammten Laden hier einen Sack mit irgendwelchen mickrigen Losen ausschütten sollen. Aber anscheinend interessiert sich kein Mensch dafür. Die Sache ist ein Mordsreinfall.«

»Wenigstens bekommen Sie Ihr Honorar.«

»Das krieg' ich – sonst kann dieser Chitfield was erleben.«

»Nun, ich habe einen anderen Vorschlag zu machen. Sie steigen mit dem Prinzen und mir auf –«

»Mit diesen Hammeldieben will ich nichts zu tun haben.«

»Er ist kein Hammeldieb. Er ist der reichste und mächtigste Mann in ganz Arabien.« Appleby kam langsam in Fahrt. »Sie steigen mit uns auf, und wir schweben davon, und Sie landen da, wo Sie es für richtig halten. Nur muß es mehr als fünf Meilen von Drool entfernt sein. Darauf würde mein Freund schon bestehen.«

»Wieviel?«

»Der Himmel ist hoch, und der Zar ist weit. Doch einigen wir uns auf fünfzig Pfund Anzahlung – soviel habe ich unter diesem idiotischen Laken.« Appleby hielt einen Moment inne. »Und die restlichen neunhundertfünfzig nach der Reise.«

»Kein Witz?« Der Ballonmann war von dem Angebot offensichtlich erschüttert.

»Natürlich nicht. Aber Sie müssen sich beeilen. Halten Sie sich für uns bereit. Seine Hoheit ist Warten nicht gewohnt.«

»Für satte Tausend«, sagte der Ballonmann, »für satte Tausend bin ich für den Rest des Tages Ihr Mann.« Er redete, als habe ihn die unvermutete Bekanntschaft mit der Hochfinanz ernüchtert. Aber schon tauchte er in seinen Korb hinunter und kam mit einer halbleeren Flasche Gin wieder herauf. »Komm, Junge, trinken wir einen drauf«, sagte er gastfrei.

»Später vielleicht«, wehrte Appleby ab. »Auch Sie selbst sollten sich zurückhalten. Mit Alkohol haben die Araber nichts am Hut.«

Und Sir John Appleby machte kehrt und schritt zufrieden davon.

XIX

Doch obwohl Appleby mit seinen Vereinbarungen zufrieden war, hielt er die Augen offen. Er wußte immer noch viel zuwenig davon, was sich auf Drool Court abspielte. Irgendwo in der Menge lag jemand auf der Lauer (wenn er sich nicht inzwischen davongemacht hatte), sei es ein Araber oder ein Nichtaraber, der wenigstens für kurze Zeit geglaubt hatte, Emir Hafrait umgebracht zu haben. Der Mann gehörte höchstwahrscheinlich zu einer Bande. Und vorstellbar war immerhin auch, daß es mehr als eine Bande gab. Vielleicht sollte die eine den Emir einfach ermorden, während eine andere den weitaus heikleren Auftrag hatte, ihn als Geisel zu nehmen. Der Emir selbst schien es für eine Selbstverständlichkeit zu halten, daß an jeder Ecke eine andere Feindesschar lauerte.

Natürlich wäre es ein Kinderspiel, Emir Hafrait zurück nach London in seine Botschaft oder sonstwohin zu fahren, wenn erst einmal die angeforderte Polizeieinheit eingetroffen und die Zufahrt zu Drool Court für ungefährlich erklärt worden wäre. Pride hatte sogar ein kugelsicheres Fahrzeug erwähnt. Aber das eigentliche Problem lag bei dem Emir selbst. Er war empfindlich wie eine Mimose. Oder vielleicht war er auch nur ein kluger Taktiker, der sich um sein Image sorgte, das Schaden nehmen könnte, wenn bekannt werden sollte, daß er sich von ein paar englischen Landpolizisten hatte herumscheuchen lassen müssen. Kurz: Sein königlicher Hochmut war nicht zu bezähmen.

Inzwischen war die groteske Situation eingetreten, daß das Haus – in dem er sich noch befinden mußte – von etwa zwei- bis dreihundert Leuten angestarrt wurde, die auf den schwachsinnigen Hokuspokus der Basingstokeschen Druiden warteten. Es war möglich, daß Richard Chitfield sich durchgesetzt hatte und die Perlustration abgeblasen worden war, aber es war ebensogut möglich, daß die Druiden längst vom Haus Besitz ergriffen und mit dem Ritual begonnen hatten.

Appleby (der immer noch kostümiert war) hielt es für angebracht, das Haus unbemerkt zu betreten. Das bedeutete, den Weg durch die Treibhäuser und das monströse Gewächshaus zu nehmen. Die Druiden würden kaum an solchen gläsernen Auswüchsen interessiert sein. Der Chief Constable (ausgerüstet mit seiner kleinen Waffe) mochte beschlossen haben, das Gewächshaus zur letzten Redoute zu erheben. Nur würde es nicht dazu kommen. Appleby überlegte, was wohl Tommy Pride sagen würde, wenn er erfuhr, daß Emir Hafrait per Luftpost weggeschickt werden sollte.

Mit ein bißchen Glück, mußte man sagen. Appleby schlich sich vorsichtig an der bunten Gesellschaft vorbei, die das Haus belagerte. Dabei stieß er unversehens auf eine kleine Versammlung, die sich demonstrativ vom Mittelpunkt des Interesses fernhielt. Sie bestand aus Richard Chitfields Sohn, seinen zwei Töchtern und Tibby Fancroft, dem verhinderten Wüstensohn.

»Du lieber Himmel, was ist denn mit Robin Hood passiert?« Cherry Chitfield hatte Appleby als erste erkannt.

»Sir John will unseren armen Vater ärgern«, sagte Mark Chitfield. »Er wandelt in Tibbys Spuren und entführt dich auf dem Rücken eines Dromedars. Eine andere Erklärung gibt es nicht. Was meinst du, Patty?«

»Mark, mußt du denn immer den Clown spielen?« Einzig die ältere Miss Chitfield schien zu begreifen, daß an diesem Nachmittag auf Drool Court etwas passiert war, das sich nicht gut mit den üblichen Frivolitäten vereinbaren ließ – und daß man in jedem Moment mit einer ähnlichen Greueltat rechnen mußte.

»Das Kostüm gehört tatsächlich Tibby«, sagte Appleby

energisch, »aber bei der Entführung mache ich nicht mit. Sie, Tibby, müssen sich allerdings damit abfinden, für den Rest des Tages als junger Durchschnittsengländer zu gehen. Was dagegen?«

»Ein bißchen komisch finde ich das schon.« Tibby Fancroft war eher verblüfft als gekränkt. »Sollte ich das Kostüm etwa ausziehen, weil Sie es haben wollten, Sir John?«

»Nein, wirklich nicht. Es war schon so, wie ich sagte: Sich als Scheich verkleidet bei Mr. Chitfield zu entschuldigen wäre unklug gewesen. Ich kam erst später auf die Idee, es mitgehen zu lassen. Aber weiß zufällig einer von Ihnen, ob die Druiden schon begonnen haben?«

»Sehen Sie doch selbst«, sagte Mark Chitfield gereizt. »Es ist noch hellichter Tag. Aber sie zockeln mit ihren Kerzen und Fackeln herum. Da, an den oberen Fenstern. Wenn sie den Laden in Brand setzen, wird die Versicherung das kaum bezahlen. Nicht unserem lieben Papa.«

Appleby sparte sich eine Antwort auf die letzte Bemerkung. Wenn Richard Chitfield den Druiden wirklich gestattet hatte, das Haus von unten bis oben in Beschlag zu nehmen, bedeutete das mit großer Wahrscheinlichkeit, daß er und seine drei Begleiter im Gewächshaus waren. Seine vier Begleiter, wenn sie sich immer noch in Gesellschaft des Polizisten aus dem Streifenwagen befanden. Er blickte auf die Uhr. Das Wichtigste, sagte er sich, würde eine genaue Zeiteinteilung sein.

Also setzte er seinen Weg fort. Aber ehe er den Hof vor den alten Stallungen und das erste Treibhaus erreichte, traf er wieder auf jemanden – und dieser Jemand war eher aufgeregt. Der Polizist aus dem Streifenwagen schwitzte und rang nach Luft, so daß er im ersten Augenblick nicht zu sprechen vermochte.

»Gut, daß ich Sie treffe«, sagte Appleby. »Sie müssen mir Ihre Pfeife leihen.«

»Wie bitte, Sir?«

»Ihre Pfeife. Es ist für einen guten Zweck.«

»Sehr wohl, Sir.« Verdutzt löste der Polizist die Trillerpfeife von der Schnur. »Aber ich sollte Sie suchen, Sir, und Sie zu diesem Glashaus bringen. Ich war schon überall.«

»Nun haben Sie mich gefunden. Und wie lautete der Auftrag Ihres Chief Constable?«

»Ich soll Ihnen sagen, daß der fremde Gentleman weg ist. Vom Erdboden verschwunden.«

»Nun, was das letztere angeht, wäre das verfrüht. Ist Ihre Verstärkung schon eingetroffen?«

»Noch nicht, Sir. Aber die Männer müßten in fünf bis zehn Minuten hier sein. Sobald ich Sie gefunden habe, soll ich die Leute suchen und herführen. Sie kommen durch den Wald.«

»Dann machen Sie sich auf den Weg, Constable. Und sagen Sie den Männern, sie sollen sich nicht zu sehr beeilen.«

»Wie meinen Sie, Sir?«

»Wie ich gesagt habe. Sie wissen, wer ich bin?«

»Jawohl, Sir. Selbstverständlich.«

»Dann betrachten Sie das als Befehl, obwohl er jeder Regel zuwiderläuft. Wenn Sie Schwierigkeiten bekommen, berufen Sie sich auf mich. Mein Befehl lautet unmißverständlich, daß ich mindestens in der nächsten Viertelstunde keinen einzigen uniformierten Polizisten hier sehen will. Recht ja – aber Ordnung nein. Verstehen Sie das, Constable?«

»Nein, Sir – kein bißchen.«

»Ausgezeichnete Antwort. Ich treffe gern auf ehrliche Makler. Und nun ab mit Ihnen.«

Der Range Rover stand noch immer auf dem Hof vor den Stallungen, der Motor tuckerte im Leerlauf, und sein Besitzer hinter dem Lenkrad war damit beschäftigt, seine Pfeife zu stopfen.

»Es dauert jetzt nicht mehr lange«, sagte Appleby. »Tut mir leid, daß Sie hier herumsitzen müssen.«

»Das macht nichts. Im Gegenteil, ich habe die Zeit nutzbringend verbracht, indem ich herauszufinden versuchte, ob die kleinen Biester«, Dr. Gillam zeigte mit dem Daumen nach hinten, »in irgendeiner Form auf die Musik der Militärkapelle reagieren. Es ist immer noch eine strittige Frage, ob Tiere überhaupt eine Melodie von einer anderen unterscheiden können. Hat Orpheus Schlangen mit seiner Musik betört? Wir wissen es nicht. Aber vermutlich kennen Sie auch den ägyptischen Schlangenbeschwörer. Er flötet in Moll, und die

Schlangen bewegen sich melancholisch dazu im Takt. Aber ich darf Sie damit jetzt nicht aufhalten, Sir John. Wann, schätzen Sie, bekomme ich grünes Licht?«

»Bestimmt innerhalb der nächsten zwanzig Minuten. Nur wird es kein Licht sein, sondern ich werde in eine Trillerpfeife blasen. Davon abgesehen, wird alles reichlich verzwickt. Tut mir leid, daß die Umstände keine Probe erlauben.«

»Ich habe mir alles noch mal durch den Kopf gehen lassen, und ich glaube, wir schaffen es, meine Schützlinge und ich. Einfach ein Pfeifton aus einer Trillerpfeife?«

»Ein einziger Pfiff. Und nun muß ich hineingehen und sehen, was die Druiden treiben. Haben Sie sie gesehen?«

»Flüchtig, als ich mir alles ein wenig anschaute.«

»Was halten Sie von ihnen?«

»Ich glaube nicht, daß viele von ihnen Avebury oder Stonehenge erkennen könnten – und wenn man sie mit der Nase drauf stoßen würde.«

»Da sind wir einer Meinung«, sagte Appleby und ging weiter.

Im großen Gewächshaus, neben der eingekerkerten Palme, fand Appleby nur Richard Chitfield und den Chief Constable. Er stellte die weniger wichtige Frage zuerst.

»Wo ist McIlwraith?«

»Er hat sich zu den Zuschauern gesellt«, antwortete Colonel Pride. »Er hatte das Gefühl, er könne uns nicht weiterhelfen. Da keiner der Schurken vor Ort auf ihn so erpicht ist wie auf den Emir, hat er sich still und heimlich aus dem Rampenlicht entfernt.«

»Durchaus vernünftig gedacht, wenn auch nicht eben heldisch. Aber dein Constable hat mir gerade gesagt, daß der Emir auch verschwunden ist – und das ist natürlich etwas ganz anderes. Hast du ihn irgendwo versteckt, oder hat er sich auf eigene Faust davongemacht? Bei unserem Freund Hafrait halte ich alles für denkbar. Nur käme es ausgesprochen ungelegen.«

»Ich kann nicht behaupten, in diesem Punkt einer Meinung mit Ihnen zu sein«, sagte Richard Chitfield. »Er hat uns buchstäblich stehengelassen. Und ich muß ehrlich sagen, ich wäre froh, wenn ich ihn nie wieder zu Gesicht bekäme.«

»Heißt das, daß Sie einfach zugesehen haben, wie er auf Nimmerwiedersehen durch die Treibhäuser davonstolziert ist?« Appleby war zu Recht ungehalten.

»Ganz so war es nicht, John«, sagte Colonel Pride leicht gekränkt. »Chitfield mußte entscheiden, ob er diesen verdammten Druiden die sogenannte Perlustration tatsächlich gestatten solle. Da wir allem Anschein nach immer noch verpflichtet sind, den Fall Emir Hafrait runterzuspielen, riet ich ihm, zuzustimmen. Ihre Nummer in letzter Minute abzusagen hätte nur die Gerüchteküche zum Dampfen gebracht. Chitfield und ich gingen durch den vorderen Hauseingang nach draußen und sagten diesem Maleldil-zum-Gruße-Typen, daß er anfangen könne. Als wir anschließend hierher zurückkehrten, stellten wir fest, daß Hafrait verschwunden war. Die Zelte wie ein Araber abgebrochen, könnte man sagen, und sich aus dem Staub gemacht.«

»Eher *als* Araber, mein lieber Colonel. Und hier bin ich wieder.«

Überrascht fuhren die drei Herren herum. Emir Hafrait stand neben dem Stamm der hohen Palme, dem er einen liebevollen Klaps gab. Und als er sprach, war sofort klar, daß eine ganz neue Stimmung von ihm Besitz ergriffen hatte.

»Meine lieben Freunde«, begann er, »daran hatte ich als kleiner Junge großes Vergnügen. Die Technik ließ ich mir von unseren Bauernburschen zeigen. Sie kletterten ständig die Dattelpalmen hinauf und stopften sich mit den Früchten voll. Ich bin froh, daß ich diese Kunst nicht verlernt habe, wenn es auch keine höfische Kunst ist. Aber sie löst unser Problem, finden Sie nicht auch?«

»Was, zum Teufel, meinen Sie damit?« Der Colonel bedachte kurz seine heftige Frage und entschied offenbar, daß auch sie sich nicht gerade an die höfische Etikette hielt. »Was, zum Teufel, meint Eure Exzellenz damit?«

»Einfach, daß ich oben im Wipfel von unten nicht zu sehen bin. Dort kann ich mich verbergen, bis die verschiedenen mißliebigen Personen die Suche aufgegeben und sich von Drool Court abgesetzt haben. Es ist vorstellbar, daß sie aus Enttäuschung Ihr Haus in Brand stecken, Mr. Chitfield. Aber ich glaube nicht, daß Feuer in einem Gewächshaus viel

Unheil anrichten kann. Es wird mir ein Vergnügen sein, Ihnen einen anderen bescheidenen Wohnsitz zu suchen. Die gibt es ja wie Sand am Meer. Das hörte ich wenigstens von dem einen oder anderen Freund. Die kaufen fast jede Woche einen. Reich, wie wir alle geworden sind, halten wir doch an einem bescheidenen Lebensstil fest.«

»Ich für mein Teil würde Sie lieber auf einem gehobeneren Niveau sehen, Exzellenz. Und ich habe zu diesem Zweck bereits die notwendigen Schritte unternommen.«

»Ich sagte ja schon, Sir John, ich bin Ihr Mann.« Der Emir, eben noch beinahe ausgelassen, war unvermutet ernst geworden. »Ich tue alles, was Sie verlangen – vorausgesetzt, es schließt einen Kordon englischer Polizisten um mich herum aus. Sie müssen mir verzeihen, Colonel Pride, daß ich darauf beharre. Es hat gewiß nichts mit mangelndem Respekt vor der englischen Polizei zu tun. Es ist nur so, daß so etwas bei meinen Landsleuten allgemeine Belustigung hervorrufen würde. Und Belustigungen dieser Art sollte man lieber auf einen exklusiven Kreis wie unseren beschränken.«

Nach dieser huldvollen Bemerkung blieb nichts mehr zu sagen übrig. Appleby blickte auf seine Uhr und wandte sich an Richard Chitfield.

»Die Basingstokeschen Freunde Ihrer Frau haben ein paar Minuten, bevor ich durch die Treibhäuser hierhergekommen bin, im oberen Stock mit ihrem Streifzug begonnen. Haben Sie eine Ahnung, wie lange sich dieses zweifelhafte Geschäft hinziehen wird?«

»Nicht mehr als zwanzig Minuten. Der Kerl hat gesagt, mit den Weihwedeln könne es etwas länger dauern. Aber das habe ich mir ganz entschieden verbeten. Zwanzig Minuten sind das Äußerste, habe ich gesagt, und dann sollen sie auf dem schnellsten Weg in ihrem Bus verschwinden. Ich schlage drei Kreuze, wenn ich die Leute los bin. Meine Frau hat dafür gesorgt, daß ein geradezu lächerlich hoher Scheck für sie bereitliegt. Dabei ist das Ganze zu nichts gut.«

»Das wird sich noch herausstellen. Uns bleiben zehn Minuten. Zeit für eine kurze Einsatzbesprechung, wenn ich mich so ausdrücken darf. In fünf Minuten kehre ich zum Hof bei den Stallungen zurück, um von dort aus hinter das Haus zu gehen und das westliche Ende der Terrasse zu erreichen. Diese Druiden werden eine langsame und eindrucksvolle Prozession zu ihrem Bus veranstalten. Sobald sie beginnt, lasse ich meine Trillerpfeife ertönen. Hören Sie keinen Pfiff, wissen Sie, daß etwas schiefgegangen ist, und bleiben hier. Der Pfiff, Exzellenz, ist ein Signal für Sie, mir auf dem schnellsten Weg zur Terrasse zu folgen. Du, Tommy, bildest mit Mr. Chitfield die strategische Reserve. Aber es gibt eigentlich keinen Grund, weshalb ihr ein, zwei Minuten nach dem Pfiff nicht vor das Haus kommen solltet, um den Anblick zu genießen. Es dürfte sich lohnen.«

XX

Die Militärkapelle auf der Westseite der Terrasse packte zusammen. Das war mit so viel Wirbel verbunden, daß Appleby es für ausgeschlossen hielt, unerwünschte Aufmerksamkeit zu erregen, wenn er kurz bei den Musikern verweilte. Ohnehin hatte er Tibby Fancrofts Sonnenbrille abgesetzt und die Kapuze vom Kopf gezogen und würde vermutlich allenfalls für ein verirrtes Schaf der Pringschen Scheichherde gehalten werden. Es schien höchst unwahrscheinlich, daß irgendeiner der Kidnapper, Attentäter oder potentiellen Attentäter, die in der Menge untergetaucht sein mochten, zu der traurigen Erkenntnis gelangen mußte, daß in dem Schafspelz ein Engländer steckte, der über viele Jahre Erfahrung in der Verbrechensbekämpfung und -verhütung gesammelt hatte.

Mr. Pring saß in der ersten Reihe, die Jungfrau von Orleans (und ihr Banner mit lothringischem Doppelkreuz) neben sich. Einige andere Pseudoscheichs, ob harmlos oder mordlüstern, waren gleichfalls zu sehen. Selbst aus einiger Entfernung ließ sich ermitteln, daß Mr. Chitfields Gäste inzwischen entweder müde oder gelangweilt oder auch beides waren. Warum sie dennoch dem einzigartig ereignislosen Ritual zuschauten, war Appleby unerfindlich. Auf diese oder jene Weise hatte der Nachmittag die Gäste wahrscheinlich eine ganze Menge gekostet, und vielleicht waren sie jetzt einfach entschlossen, bis zum Schluß für ihr Geld mitzunehmen, was geboten wurde. Außerdem konnte man beobachten, daß sich zu dieser späten Stunde gleich und gleich besonders gern gesellte – was auf eine völlig instinktive Weise vor sich gehen mußte. Auf der einen Seite saßen die Spaßvögel – Teddybären, Mickymäuse, Zirkusclowns und Tiefseetaucher – mehr oder weniger dicht beieinander, auf der anderen Seite hatten sich jene versammelt, die ihre Einbildungskraft auf die feine Gesellschaft vergangener Zeiten verwandt hatten: Da gab es Perücken und Schönheitspflästerchen, Puder und Pelzbesatz, Kniehosen, schmucke Schwerter und Schuhe mit goldenen Schnallen – es war, kurz gesagt, ein hübsches Arrangement von Kokotten und Beaus. Ein bißchen abseits warteten der Fahrer des Druidenbusses und eine Kolonne hämisch grinsender Putzteufel auf ihren Einsatz.

Die Perlustration schien inzwischen weit vorangeschritten, denn Kerzen und Fackeln flimmerten schwach durch die hohen Fenster im Erdgeschoß. Die Druiden, die sich bewußt zu sein schienen, daß das Ritual als solches keinen großen Eindruck hinterließ, hatten irgendwelche fremdländischen Klagegesänge angestimmt – womit sie möglicherweise bekunden wollten, daß der Höhepunkt ihres geheimnisvollen Tuns erreicht sei. Tatsächlich entstand ein gewisses Maß an Spannung. Von den empfänglicheren Gästen, besonders den Damen, waren hier und da Entsetzensschreie zu hören, so als sei überhaupt nicht auszuschließen, daß vor ihren Augen eine schwarze Messe zelebriert wurde.

Und dann bewegten sich – langsam und schicksalsträchtig – die Eingangstüren, und über die Schwelle schritten Seite an Seite zwei Figuren, die Appleby schon vertraut waren: der Maleldil-zum-Gruße-Druide und die mit einem Gerank aus Misteln gegürtete Priesterin. Beide hielten unter den bauschigen Gewändern die Ellenbogen fest an den Leib gedrückt und die gefalteten Hände vor der Brust und bewegten sich über die Stufen der Terrasse in erhabener Gelassenheit, die weiß Gott nicht unbeeindruckend war. Ihnen folgten all die anderen Druiden, in gleicher Haltung würdevoll dahinschreitend, jeweils zwei und zwei hintereinander.

Der große Augenblick war gekommen.

Der Pfiff klang in dieser Umgebung schon erschreckend genug – aber er war nicht annähernd so erschreckend wie das, was im nächsten Augenblick kam. Von der einen Seite der versammelten Gesellschaft folgte Salve auf Salve ohrenbetäubender Gewehrschüsse, von der anderen Seite – und aus einer Quelle, die auszumachen nur wenige Gäste die Nerven aufbrachten – nahte ein Knäuel ineinander verschlungener Schlangen. Alle erdenklichen Fabelwesen und Ungeheuer, Skorpione und Nattern, eklige Schleichen, gehornte Vipern und Wasserschlangen schienen der einschlägigen Literatur entsprungen. Niemand wollte es in den Kopf, daß es sich hier um nichts weiter als eine Fuhre harmloser Ringelnattern handelte – zwischen denen sich allerdings ein paar giftige heimische Kreuzottern befanden. Die winzige Minderheit von Mr. Chitfields Gästen, die angesichts dieses Spektakels zunächst ihre fünf Sinne behalten hatte, wurde von der verstörten Menge mitgerissen, deren Angst durch den immer näher kommenden Lärm der Salven gesteigert wurde. Das große Fest der Chitfields endete erbärmlich in allgemeinem Chaos.

Am größten war die Panik bei den Basingstokeschen Druiden. Die Spitze ihrer Prozession hatte bereits die halbe Strecke zum Bus geschafft; die Entschlosseneren der Bruderschaft setzten mit dem Mut der Verzweiflung ihren Singsang fort und verstärkten damit das unartikulierte Gejohle der immer noch unsichtbaren Schützen. Sekundenlang zögerten die Druiden, unschlüssig, was zu tun sei. Der vordere Teil der Marschsäule hielt es für geraten, sich zum wartenden Bus durchzuschlagen, die hinteren Reihen erwogen die Flucht zurück ins Haus, entschieden sich dann aber aus guten Gründen gleichfalls für den Bus, und so hob binnen kurzem ein Schubsen und Drängeln an, das zwischen den priesterlichen Prozessionsteilnehmern und aufgebrachteren Zuschauern zu erbitterten Faustkämpfen führte. Bei diesem Stand der Dinge gesellte sich der Emir zu Appleby.

»Diebe«, sagte der Emir sachlich. »Und insgesamt ein bemerkenswertes Schauspiel, Sir John.«

Das war nicht zu leugnen. Die um Rettung kämpfenden Druiden mußten notgedrungen die Demutshaltung der angewinkelt an den Leib gepreßten Arme und gefalteten Hände aufgeben, was zur Folge hatte, daß der Weg hinter ihnen von handlichen Kostbarkeiten aus dem Besitz der Chitfields übersät war. Einiges davon, aus feinstem Porzellan, war von dem Moment an, wo es fiel, dem Untergang geweiht. Das gleiche Schicksal mochten auch ein paar kleine Bilder erleiden, die diese unwillkommenen Gäste bei der Perlustration hatten mitgehen lassen. Unter ihnen befand sich – *horribile dictu* und *horresco referens* – auch das von Tibby Fancroft so geschätzte Kunstwerk, François Bouchers poposierendes Mädchen. Aber was hauptsächlich über den Rasen verstreut lag, war das Chitfieldsche Familiensilber, von dem man hoffen konnte, daß es bei seiner Rettung schlimmstenfalls ein bißchen zerkratzt und verbogen sein würde.

»Bemerkenswert, in der Tat«, sagte Appleby, »aber kaum geeignet, bei Ihren mordlüsternen Landsleuten einen wirklich nachhaltigen Eindruck zu hinterlassen. Also – laufen wir!«

»Laufen?« rief der Emir.

»Ja, laufen! Einfach hinter mir her.«

Und Emir Hafrait lief.

Der Ballon zog inzwischen nicht mehr das mindeste Interesse auf sich. Er zerrte an den Leinen, als brenne er darauf, nach diesem absolut unbefriedigenden Nachmittag Reißaus zu nehmen. Auf den ersten Blick schien es, als hätte der Ballonmann (dem Appleby ausdrücklich im Namen des Emirs eine Taxigebühr von eintausend Pfund versprochen hatte) seinen Posten verlassen. Aber das stimmte nicht. Auf lautes Rufen hin tauchte sein wackeliger Kopf aus dem Korb auf, in dem die Reisenden Platz finden sollten.

»Tschweitausend Pfund!« grölte er, und um seiner Forderung Nachdruck zu verleihen, fuchtelte er mit der Flasche, die bis vor kurzem noch ein stattliches Quantum Gin enthalten hatte, über dem Kopf in der Luft herum.

»Betrunken und fahruntüchtig«, sagte Appleby zum Emir. »Wir müssen den Ballon stürmen. Sie operieren von der anderen Seite, ich von hier aus. Er kann nicht gleichzeitig uns beide abwehren. Also, über die Brüstung, Exzellenz, und dann hinaus mit ihm.«

Diese Blitzaktion lief wie am Schnürchen, und binnen Sekunden saß der benebelte Aeronaut neben dem Korb und versuchte erfolglos, auf die Füße zu kommen, um wirksame Gegenmaßnahmen ergreifen zu können. Es gab keine Zeit zu verlieren. Denn jetzt konnte man sehen, daß sich zwei Gestalten aus dem Chaos vor dem Haus lösten und zielstrebig auf den Ballon zuliefen. Sie waren augenscheinlich ziemlich auf Trab.

»Wir sind jetzt selbst die Navigatoren«, sagte Appleby. »Die ersten Handgriffe sind einfach, schätze ich. Wir lösen die beiden Leinen oder Taue, werfen ein paar Sandsäcke über Bord – und Sie, Exzellenz, nehmen aus gebührender Höhe Abschied von Mr. Chitfields verunglücktem Fest. Daran zu denken, daß ich vorhin die Möglichkeit erwog, Sie im Kofferraum eines Wagens zu verstauen!«

Der Emir nahm die Bemerkung gut auf; er zeigte sich den Erfordernissen des Augenblicks erstaunlich gewachsen. Also schwebten sie binnen Sekunden himmelwärts und waren keinen weiteren Unannehmlichkeiten ausgesetzt außer einigen vorbeizischenden Kugeln, die ihnen von den beiden abgehängten Verfolgern hinterhergejagt wurden und dem Emir einen Wortschwall entlockten, bei dem es sich aller Wahrscheinlichkeit nach um Verwünschungen in seiner Muttersprache handelte.

»Ich glaube, wir treiben direkt über das Herrenhaus, und zwar in ausreichender Höhe. Von dort geht es weiter über das Waldstück, das ziemlich hochtrabend Drool Forest genannt wird. Es ist zwar ein hübsches Stückchen Natur zum Wandern, aber für eine Landung ist es wenig geeignet. Ah! Die Lage unter uns scheint sich zu beruhigen.«

Das traf zu. Richard Chitfield und Dr. Gillam waren zu erkennen – zusammen auf der Terrasse. Gillam brachte gewiß eine angemessene Entschuldigung für die bedauerlichen Folgen eines Defekts an seinem Range Rover vor. Die Verteidiger von Mafeking, kam es Appleby in den Sinn, mochten im Augenblick ernstlich in Ungnade gefallen sein, bis Tommy Pride als Freund und Helfer klarmachen würde, daß die Pfadfinder-Truppe tatsächlich zur Aufrechterhaltung von Recht und Ordnung akustisch beigetragen hatte. Der Bus der Basingstokeschen Druiden, der innerhalb kürzester Zeit auf die Ausmaße eines Spielzeugautos schrumpfte, stand noch immer an seinem Platz, umringt von den elenden Druiden, die zweifellos von dem nahenden Polizeiaufgebot eingesammelt werden würden.

»Sie haben uns entdeckt«, sagte Appleby.

Auch das traf zu. Eine stetig wachsende Zahl von Köpfen beugte sich zurück, weil deren Eigentümer den Himmelskörper über sich beobachten wollten. Der Emir schien das nur recht und billig zu finden.

»Mir ist sehr wohl klar«, sagte er, »daß ich unserem Freund Chitfield im Laufe des Nachmittags eine Menge Unannehmlichkeiten bereitet habe. Er seinerseits ist gewiß nicht von einer gewissen Unbesonnenheit freizusprechen, und was hohe Politik und Raison d'état betrifft, so war seine Konferenz absolut fruchtlos. Nichtsdestoweniger verdienen er und seine Gäste einen höflichen Gruß zum Abschied.« Und der Emir stellte sich in einem waghalsigen Manöver auf eine Art Sandsack, so daß er von unten gut sichtbar war. Er hob seine ausgebreiteten Arme in Schulterhöhe und bewegte die Hände sanft in der Luft auf und nieder. Eine Gebärde, wie Appleby fand, die eher päpstlich als königlich wirkt – nicht der leise Wink, mit dem sich die Mitglieder des englischen Königshauses begnügen können, sondern die Geste des sursum corda, mit der der Bischof von Rom ganze Heerscharen von Gläubi gen erhebt.

Applebys weitere Überlegungen waren eher praktischer Natur. Er hatte noch nie in seinem Leben eine Ballonfahrt gemacht. Und während er jetzt von unten in den farbenfrohen Ballon hinaufsah, an dem sie, leicht hin und her pendelnd, hingen, hatte er das Gefühl, sich in einer jener Lagen zu befinden, die so wundervoll den Verstand herausforderten. Wie einfach es doch aussah, so dahinzuschweben. Aber wie wurde das verdammte Ding bloß gesteuert? Allzu schwierig konnte es nicht sein, denn es war kaum etwas vorhanden, was mit Schwierigkeiten hätte verbunden sein können. Um so wichtiger war es, über das wenige, was überhaupt vorhanden war, einigermaßen Bescheid zu wissen.

»Wir dürfen nicht vergessen«, sagte Appleby, »daß Ballons

dieser Art nicht nur zum Spaß so lustig bunt sind. Sie sollen auch schon von weitem ausgemacht werden können von jedem, der ihnen in die Quere kommt.«

»Wie zum Beispiel die Concorde, Sir John. Die sollten wir auf jeden Fall meiden.«

»Ebenso wie Ihre Feinde da unten, Exzellenz. Wir sollten jedem weiteren Zusammenstoß mit ihnen aus dem Weg gehen. Es ist nur gut, daß wir ziemlich rasch an Höhe gewinnen. Aber wenn wir zu lange steigen, könnte es für uns unangenehm werden. Ich vermute fast, daß der rote Hebel an dem Armaturenbrett eher zum Aufsteigen als zum Landen gedacht ist und daß bei seiner Betätigung ein höchst beängstigender Feuerstoß ins Innere des Ballons geschickt wird. Auf diese Weise wird mehr heiße Luft erzeugt, und auf geht's.«

»Und ab?«

»Das dürfte ein bißchen schwieriger werden. Irgendwann käme der Ballon natürlich von alleine runter. Aber ich weiß nicht, ob wir uns dann noch über dem Festland oder schon über der Nordsee befänden.«

»Angeblich soll man aus der Hülle nach und nach Luft ablassen.«

»Genau, Exzellenz. Und fast möchte ich wetten, daß vermittels der blauen Nylonschnur, die da drüben so sorgfältig befestigt ist, eine Art Reißverschluß bedient wird. Nur kann das Manöver vielleicht nicht wiederholt werden. Man muß also umsichtig zu Werke gehen.«

»Ich bin heikle Situationen gewöhnt, mein lieber Sir John. Zwar zählt Vorsicht nicht gerade zu den Kardinaltugenden. Dennoch gebe ich zu, daß es Umstände gibt, die sie erfordern. Ihre wie meine Karriere haben uns das, wie ich glaube, gleichermaßen bewußt gemacht.«

Appleby, der anfing, den Emir zu mögen, vermutete, daß diese letzte Bemerkung schmeichelhafter Natur hatte sein sollen, und murmelte ein paar verbindliche Worte, denen er allerdings eine aufrichtigere Bemerkung hinzufügte. »Ich wäre außerordentlich froh«, sagte er, »wenn ich wüßte, daß ein ausgezeichnetes Dinner auf uns wartete.«

»Mir geht es ebenso. Und dazu ein Glas Champagner.«

Aber dieses Geständnis schien den Emir denn doch zu beunruhigen. »Das, mein lieber Sir John, ist – wie man zu den Journalisten zu sagen pflegt – nicht für die Öffentlichkeit bestimmt. Der Prophet – sein Name sei gepriesen – mißbilligte Musik. Trotzdem schwelgt der Islam bedenkenlos in ihr. Der Prophet – sein Name sei gepriesen – verbot den Genuß von Alkohol. Aber auch da verläßt der eine oder andere von Zeit zu Zeit den Pfad der Tugend.«

»Ich vermute, es handelt sich dabei um etwas, was die Katholiken als läßliche Sünde bezeichnen.«

»Genau das meine ich: läßliche Sünden. Ich glaube, wir verstehen uns ganz gut, mein lieber Sir John.«

Sie gondelten dahin. Drool Court mitsamt seinen Ländereien war vor geraumer Weile hinter dem weiten Horizont verschwunden. Unter ihnen breitete sich ein Waldgebiet aus. Ab und an war eine Lichtung zu sehen, in der die Bäume im Schein der untergehenden Sonne lange Schatten warfen. Der Ballon verlor allmählich an Höhe. Appleby beobachtete nur das Gelände, das unter ihnen vorbeizog wie eines dieser gigantischen Rollbilder auf einer Walze.

»Jetzt«, sagte er.

»Wie bitte, Sir John?«

»Ich glaube, jetzt ist der Augenblick zum Handeln gekommen.«

Und Appleby begann sehr vorsichtig an der blauen Nylonschnur zu ziehen.

Der Ballon landete akkurat, wenn auch nicht ganz glücklich, mitten in Lady Applebys Buschrosen (unter den Fantin Latours gab es ein paar Überlebende, aber die Nuits de Young waren endgültig dahin). Es sah so aus, als wäre eine überdimensionale grelle Blume aus einem Science-fiction-Weltall in den sorgsam gepflegten Garten von Long Dream Manor gerammt worden. Es war kaum anzunehmen, daß Judith Appleby das erfreulich finden würde.

Was Sir John und Emir Hafrait betraf, so waren sie ziemlich mitgenommen. Die Terra firma hatte ihnen einen rauhen Empfang bereitet. Beide standen aber schon wieder auf den

Beinen, als der betagte Hoobin, aufgescheucht von der zweiten Durchsicht des *Daily Mirror* dieses Tages, am Ort der Verwüstung erschien. Hinter ihm trottete sein pausenlos gähnender Neffe Solo her.

»Zugereiste!« sagte Hoobin. »Ich will verflucht sein, wenn das keine Zugereisten sind.«

»Marsmännchen«, mutmaßte Solo. »Aus so 'ner Rakete gefallen.« Und damit zog er sich, erschrocken über seine eigene Redseligkeit, hastig hinter den Onkel zurück. Aber nun war Hoobin doch beunruhigt. Er hatte seinen Dienstherrn erkannt – der am frühen Nachmittag das Haus als Robin Hood verlassen hatte und jetzt aus heiterem Himmel in einem Gewand zurückgekehrt war (wie sein Begleiter auch), das wie eine Anzahl von Tischtüchern aussah, aber ebensogut ein Totenhemd oder ein Grabtuch hätte sein können.

»Hoobin«, sagte Appleby, »da kann man jetzt nichts machen. Schnapp dir Solo und geh wieder an die Zeitung. Und wenn Sie, Exzellenz, nach diesem Gerüttel und Geschüttel noch in der Lage sind, sich achtzig Meter auf den Beinen zu halten, könnten wir ins Haus gehen und meine Frau begrüßen.«

Auf diese Weise tauschten Appleby und sein Gast Drool Court gegen Long Dream Manor ein. Sie wurden in der Halle von Lady Appleby begrüßt, die den Lärm im Garten gehört hatte und auf dem Weg war, seine Ursache zu ermitteln. Als sie sich so plötzlich ihrem Mann und einem Fremden gegenübersah, die beide seltsam verkleidet waren, zeigte sie sich nicht sonderlich überrascht und schon gar nicht fassungslos – der ausgefallene Beruf ihres Mannes, jetzt zum Hobby geworden, hatte nicht selten auf diese oder jene Weise Auswirkungen auf das geheiligte Familienleben gehabt.

»Meine Liebe«, sagte Appleby, »ich möchte dich mit seiner Exzellenz Emir Hafrait bekannt machen.«

»Ich freue mich, Sie kennenzulernen.« Judith ergriff entschlossen des Emirs Hand. »Ich hoffe, Sie können zum Essen bleiben.«

»Es wird mir ein Vergnügen sein«, erwiderte der Emir und verbreitete sich noch länger in wohlformulierten Sätzen über die Einladung.

»Leider muß unser Gast nach dem Essen zurück in die Stadt«, sagte schließlich Appleby. »Sobald wir uns ein bißchen frisch gemacht haben, werde ich deswegen ein paar Telefongespräche führen.«

»Auch das will ich Ihrer Liebenswürdigkeit zurechnen, Sir John.«

»Übrigens fürchte ich, daß Sie von dem Ballonmann – oder in seinem Auftrag – noch eine saftige Rechnung bekommen. Wir haben ihn ein bißchen hart angefaßt, finden Sie nicht auch?«

»Das ist nicht zu bestreiten, Sir John. Aber die Erfahrung – so neu sie auch ist, wenigstens für mich – ist ihr Geld wert. Die klügste Politik wäre wohl, ihn so zu behandeln, als sei er absolut kooperativ gewesen. Er sollte einen Orden bekommen.«

Frederik Forsyth

Die Akte ODESSA
Roman. Aus dem Englischen von Tom Knoth.
395 Seiten. Geb.

Die Hunde des Krieges
Roman. Aus dem Englischen von Norbert Wölfl.
436 Seiten. Geb.
(Auch in der Serie Piper 5529 lieferbar)

In Irland gibt es keine Schlangen
Zehn Storys. Aus dem Englischen von Rolf und Hedda Soellner.
323 Seiten. Geb.

Der Lotse
Aus dem Englischen von Rolf und Hedda Soellner.
75 Seiten mit Illustrationen von Chris Foss.
Serie Piper 5503

Der Schakal
Roman. Aus dem Englischen von Tom Knoth.
438 Seiten. Geb.
(Auch in der Serie Piper 5511 lieferbar)

Des Teufels Alternative
Roman. Aus dem Englischen von Wulf Bergner.
512 Seiten. Geb.
(Auch in der Serie Piper 5545 lieferbar)

Der Unterhändler
Roman. Aus dem Englischen von Christian Spiel.
526 Seiten. Geb.
(Auch in der Serie Piper 5577 lieferbar)

Das vierte Protokoll
Roman. Aus dem Englischen von Rolf und Hedda Soellner.
500 Seiten. Geb.

PIPER

S. T. Haymon

Antichrist

Roman. Aus dem Englischen von Vera Mansfeldt.
230 Seiten. Serie Piper 5534

Ein Werbegag wird blutiger Ernst: Am Morgen nach seinem Konzert hängt der Leadsänger der Rockgruppe »Second Coming« tot an dem Kreuz, an das eigentlich sein Ebenbild aus Wachs gehörte.
Inspektor Ben Jurnets Ermittlungen stehen zunächst unter dem Motto »Sex and Drugs and Rock 'n' Roll«...

Blaues Blut

Roman. Aus dem Englischen von Gabriele Broszat.
305 Seiten. Serie Piper 5505

Inspektor Ben Jurnet besucht auf Bullen Hall, dem einstigen Wohnsitz Anne Boleyns, eine Party zur Einführung des neuen Verwalters. Durch sein forsches Auftreten und die Ankündigung seines Plans, eine Biographie über einen auf mysteriöse Weise umgekommenen Boleyn-Vorfahren zu schreiben, stößt er alle Bewohner vor den Kopf. Am nächsten Morgen ist Jurnet wieder da, diesmal dienstlich: Man hat die Leiche des Verwalters im Schloßgraben gefunden.

Ritualmord

Roman. Aus dem Englischen von Christine Mrowietz.
266 Seiten. Serie Piper 5504

Haymons Kriminalromane handeln im wesentlichen von der Macht der Vergangenheit über die Gegenwart. In »Ritualmord« geht es um einen ermordeten Chorknaben, dessen Leiche so zugerichtet ist wie die des spätmittelalterlichen Kind-Heiligen St. Ulf, den angeblich Juden zum Passahfest umgebracht haben. Anglebys Bürger sind geschockt; die Angst weckt alte Aggressionen und Vorurteile. Pogromstimmung kommt auf. Kriminalinspektor Jurnet, der selbst aus einer alten jüdischen Familie stammt, gerät in arge Bedrängnis. Und dann verschwindet noch ein zweiter Chorknabe...

PIPER

Lust an der Spannung

Geschichten für schlaflose Nächte
Herausgegeben von Friedrich Kur.
470 Seiten. Serie Piper 5555

In diesem Lesebuch geht es um Mord und Totschlag, Diebstahl und Raub, Erpressung und Spionage. Die Täter müssen nicht in jedem Fall Schurken sein. Verbrechen können als Kurzschlußhandlung geschehen oder weil eine Situation unübersichtlich war. Oft sind die Opfer sogar selbst schuld, und zuweilen macht auch eine Leiche noch keinen Mord. Manche Täter sind deshalb ebenso Helden wie die Privat- und Polizeidetektive oder die gerechtigkeitsliebenden Amateure, die es mit dem großen Unbekannten, dem internationalen Konzern, dem wahnsinnigen Mörder oder dem alltäglichen Bösen aufnehmen und die ihrerseits in der Wahl ihrer Mittel auch nicht immer ganz zimperlich sind. Nachzulesen bei:
Lawrence Block, Richard Oliver Collin, Frederick Forsyth, Fruttero & Lucentini, Lesley Grant-Adamson, S. T. Haymon, Michael Innes, Hilda Lawrence, Paolo Levi, Arthur Machen, Ulf Miehe, Michael Molsner, Martin Page, Sara Paretsky, Barbara Paul, Julian Rathbone, Dorothy Sayers, Giorgio Scerbanenco, Rex Stout, Carolyn Wheat, Helmut Zenker.

Piper 55/2

PIPER